95 MB/s
V30
512GB
FANTASY

都市傳說 第二部

7

笭菁——著

撿到的SD卡

貪婪好奇的人……小心都市傳說!!

都市傳說 第二部7：撿到的SD卡

（※本故事內容純屬虛構，如有雷同，純屬巧合。）

楔子

這太誇張了！

不可能有這種事的，男孩拼了命的按著滑鼠，螢幕裡顯示著某個檔案資料夾，裡面還有一串的子資料夾，他框起來全選後，直接SHIFT+D的刪除！徹底刪除，然後——他的手抖得太嚴重，滑鼠一時對不準，激動的抓起滑鼠狠狠往桌上砸，惹得附近喝咖啡的女孩皺眉。

是在玩什麼遊戲這麼激動嗎？現在大家不是都玩手遊了？

男孩絲毫不在意旁人的側目，滑鼠移到卸除式硬碟處按右鍵，想趕快格式化ＳＤ卡，格式化！

看著藍條迅速的從左走到右，視窗跳出「**格式化完畢**」字樣，男孩默默的盯著螢幕好幾秒，幾乎有半分鐘那麼長，確定了這張ＳＤ卡裡再無資料時，他的眼淚瞬間奪眶而出！

這張記憶卡終於變成廢物了吧！原來要兩次以上嗎!?他原本是希望至少在這一刻、這幾分鐘讓ＳＤ卡內沒有檔案，沒料到竟能盡數消除資料，再也不會影響他的生活，他也不需要再提心吊膽了……

叮，電腦傳來提醒聲，螢幕跳出了新資料夾的視窗。

「請問要直接播放影片？還是要開啟資料夾？」

不不不！

男孩很誇張的倒抽一口氣的後退站起，椅子拖曳聲刺耳，他震驚的看著明明已經被格式化的ＳＤ卡，又再次完好無缺的出現在他的筆電裡。

資料沒有受損，卡內的資料夾依然存在，每個資料夾都是以日期設定，甚至包含今天的日期。

周遭的人對他投以詭異的目光，這個學生真的看起來怪怪的，一頭亂髮不說，雙眼滿佈血絲，呼吸濃重，總是一副惶恐的模樣。

「不不不——」他站在桌邊拼命的搖著頭，渾身開始劇烈顫抖，不該是這樣的！

右手邊的綠色格紋女孩忍無可忍，將手上的咖啡杯重重的擱上了木桌！

咚！

這聲音嚇得男孩顫了身子，僵硬著轉過頭去。

「同學，你有點吵！」女孩不客氣的回頭瞪著他開口，坐在落地窗邊的她，一窗之隔外頭是熙來攘往的人群，但無人會在意到咖啡廳裡的狀況。

唯有一個……男孩驚恐的看著說話的女生，繼續搖頭，「不要，妳不要說

話……妳不該出聲！」

這就跟影片一模一樣了不是嗎？不客氣擊杯的女孩，還有她身後那個停下來的……男孩視線上移，越過了女孩，看向她身後的落地窗外，那、個停下來的身影。

模糊不清的身影在人群裡，唯有他是靜止的，那是個穿著黑色外套的男孩，有如雕像般隔著一片玻璃，站在女孩的身旁，低垂著頭不發一語；他身上所有的一切都有點黯淡，而來往的人們似乎也都刻意繞過他，竟無人注意到那男孩不像眞人嗎？

「他來了……」男孩緊張的刷白了臉色，「都是妳！他出來了！」

「喂！」女孩不爽的拍桌而起，「你已經影響到我們了，又在胡言亂語什麼？」

「芮，小心一點！」對面的朋友趕緊勸阻，「他好像吸毒吸到ㄎㄧㄤ！」

外頭的男孩下巴緩緩抬起，然後有點極爲輕微的抽搐，朝著咖啡廳裡轉了過來，喀、喀、喀……喀，一切一如影片，骨節一節節的卡卡轉動。

「啊啊……」他恐懼的後退著，開始狂出冷汗，「走！大家快走——」

外頭那個棒球帽的男孩轉過來後，會有一雙全黑的眼睛，沒有嘴巴，然後——

「你在看什麼啊？」起身與他對嗆的女孩留意到他怪異的眼神，立即回頭往外看去。

磅！棒球帽男孩雙掌拍擊在落地窗上，嚇得靠近窗邊的人們都跳了起來，緊接著每個人都瞧見一雙全黑毫無眼白的雙眼，平滑到沒有嘴巴的臉蛋，尖叫聲隨之而起。

但下一秒，遠處刺耳且急促的喇叭聲，伴隨著碰撞聲同時響起。

叭——男同學眼裡映著的是不遠處翻飛的人及掀倒的機車，然後是刺眼的遠光燈，一路從一點鐘方向朝他們這兒衝過來。

如同他昨晚在資料夾裡的影片所見，一模一樣，毫無違和的在眼前上演，沒有絲毫的誤差。

就是有那麼一個綠衣女孩會扔杯子起身、那個棒球帽男孩就是會出現在人群裡，他一定沒有下巴只有黑眼，然後在他擊上玻璃窗的瞬間，後面伴隨著衝來的水泥預拌車……

而它會直接衝進咖啡廳裡，鮮血屍塊齊飛。

砰！

「呀——」

而他，會躺在輪下，感受著無法呼吸的痛楚，思考著人生最後一件事：

他早該知道，不是自己的東西不要撿！

第一章
SD卡裡的女人

拖著疲憊的身體，男人走進了輕軌列車，這時間的列車裡人煙稀少，他可以找一處四周都沒人的位置坐下。

靠上椅背，虛脫感直襲而來，他覺得只要闔上眼睛，說不定隨時都能睡著，大方的翹起腳，左右前方都沒人，也是難得的清靜，畢竟已經晚上十點半了，在大街上閒逛的人也差不多回家了，才能有這般清幽的車廂。

如果可以，他也希望在下班時間，待在擁擠不堪的車廂中，至少那代表著他能六點前下班。

嗯……用力伸了個懶腰，右手不經意的往一旁的椅子撐著……嗯？指尖壓到某個硬物，他直覺的抬起掌心，看著在絨布椅間的縫隙中，有個小而薄的透明盒子，就插在兩個座墊中。

好奇的抽起一瞧，是個記憶卡盒子，裡面放著一張ＳＤ卡。

那是記憶卡專用盒，翻轉端詳，這張紅色的ＳＤ卡沒什麼特別，但是上面印著的「512Ｇ」可就令人眼睛一亮了。

「容量好大，這是新款吧？」他沒記錯的話，現在這容量的記憶卡一張也要近萬啊！「應該是攝影師吧？不然誰用這麼大的記憶卡？」

這自然不是全新品，因爲一般新的ＳＤ卡外觀都還會有個薄紙片，將塑膠盒夾在中心。男人望著手裡的卡，左顧右盼，想了幾秒後還是把它放進了公事包

裡。

或許貪心、或許好奇心作祟，他還好奇會使用512G記憶卡的人是怎樣的人，還有裡面放了些什麼呢？如果什麼都沒有，留下來也不錯，他的相機也適用這款SD卡。

電梯門開，一右轉就是自己在外的租屋，這裡離公司只有六站，跨了個區房價卻便宜很多，房租自然也省，老家住得遠，所以他乾脆在公司附近租了間迷你套房，加班太久時就回這兒睡，假日再回家。

推開灰色的厚重鋼板門，男人疲累的將公事包擱在地上的小椅凳上，脫下的外套掛上衣帽架，再拿起公事包往房間走去；雖是小套房，卻硬是隔出兩個空間，進門這區塊是客廳兼餐桌，小小的不過兩坪大小，還眞的有流理台瓦斯爐冰箱，中間的桌子便是萬用桌，電視架在牆上，倒也不花空間。

他沒添購沙發，回來就是休息，有床就夠了。

筆直走入與大門一直線的下道門便是房間，房間也不寬，單人床加上一張書桌，倒也足夠，這張書桌是陪伴他最多時間的地方，椅子拉開就會貼到床，必須非常自制，才不會工作到一半翻身上床睡覺。

公事包先擱上書桌椅子，轉身走到外頭自冰箱拿出水果處理一下，削一盤水梨，端著回到房間裡，迫不及待的打開筆電。

順道抽空回個LINE，跟老媽說確定這週末會回家。

「來吧！」抽出透明塑膠盒，拿出裡頭的ＳＤ卡，「看看裡面有什麼！」

將記憶卡插進筆電旁的卡槽裡，系統運作得很快，跳出了開啓檔案的視窗，詢問要做怎麼樣的處理，男人選擇了開啓資料夾。

喔喔，果然是512Ｇ的大容量，裡面有數個小資料夾，第一層沒有零星檔案，整整齊齊的七個資料夾，每一個資料夾都是以日期命名的。

檢視一下佔比，也只佔了６Ｇ左右，並不大。

奇怪的是，這些資料夾的名稱：「二〇一八年十二月〇一日」

十二月一日，不是今天的日期嗎？往下依序一天一個日期，排得井然有序，全都是後幾天的日子，一共七個。

「眞妙，很像預約什麼東西似的。」他叉起一塊水梨，興致勃勃的點開了寫著當天日期的資料夾！

噠噠兩下，點進去卻只有一張照片，ＪＰＧ檔，縮圖有些暗藍色。

呃……男子有幾分失望，雖然知道檔案不大，但只有一張照片超無趣的！

隨手再點開，照片整張展開，卻讓男子的動作停凝了。

那是個極度令人不愉快的色調。

深色的牆面，被前頭過度刺眼的黃光照著，隱約的藉著強光才能看出牆的深

藍色色澤，四周一片幽暗，唯有中間的光線極度明亮到曝光，照在一個貼著牆的女人身上。

女人貼著牆，披著一頭非常非常長的黑髮，照片是半身照，底緣只到女人的膝蓋上方一點，她的長髮卻過了膝，至少在照片裡見不著髮尾。

她穿著深紅褐色的襯衫連衣裙，雙手自然下垂的站著，過亮的燈模糊了她的五官，但唯有她的右眼與右邊的嘴角清晰異常。

眼珠有點向上瞟，直勾勾的盯著鏡頭，右邊的嘴角亦朝上挑著笑，那笑容帶著份冷然的嘲諷，眼底流露出的是一種令人發毛的氛圍。

雖說她是看著鏡頭，但是正看著照片的他，卻覺得她、是在看著他。

眼珠聚集在上方中央，下頭盡是眼白，那帶著詭異的笑容，笑得他頭皮發麻，他彷彿都能聽見笑聲了：嘻，哼哼。

幹！他飛快的關掉了視窗，第一件事是拔出那張記憶卡。

「什麼玩意兒啊！」搓著短髮低咒著，但腦海裡卻浮現其他資料夾。

一個個按日期編排的資料夾，相當令人好奇啊，那裡面究竟是什麼樣的資料呢？

算了！他搖著頭，總覺得這張ＳＤ卡有點怪，還不如來看一下新聞或是YOUTUBE，找些有趣的東西看看，平復一下心情。

話說回來，那張照片拍攝的角度跟背景甚是奇怪，空無一物的房間？那個女人站在那邊做什麼？上頭的燈亮得更怪異，能把她五官照糊，卻照不出整間房間的模樣？

調出常聽的音樂，看著笑鬧的影片放鬆一下後，他便起身洗澡準備睡覺，這麼晚回來，也沒多少休閒的時間了。

洗好澡跟弟弟簡短的通話，約好這週末都會回家後，便疲憊的睡去。

明天一大早就有個很硬的會議，讓他難以順利歇息，腦子裡想著所有的數字跟報表，還有假設上司會問些什麼問題來展現他的權威，他……

一瞬間的神遊太虛，男子沉沉睡去，夢境裡的他果然夢到自己在會議室裡，戰戰兢兢準備等會兒要報告的資料，正愁專心不了，但額上卻有個令人發癢的東西搔著，他厭煩的撥開，很想叫女朋友不要鬧了！

嫻妤，宋嫻妤妳不要——

腦子突然清醒，男子乍聽見電扇的聲響，還有些無法適應現實，但已經確定自個兒剛從夢中轉醒，他闔著眼躺在床上，向左看向床頭櫃上的微弱冷光石英鐘，顯示著兩點半。

一陣搔癢感突然垂下他的頸側——喝！

男子立即瞪大雙眼，他應該要緊張的彈坐而起，但是，卻發現身子難以動彈！

在頭側的搔癢感不是小強的長鬚，而是明顯到不行的頭髮！有人在他正上方，長髮觸及了他的頸子！

男子全身僵硬，這是他一個人的房間！並沒有跟女友住在一起，就算她在這裡，那一頭耳下短髮的她，哪來的長髮垂掛？

這景象、這姿勢——彷彿有個人趴在他的正上方，正低著頭看著他啊！

他緊閉上雙眼，說不定這是夢中夢！他一定是進入鬼壓床狀態了，壓到了腦部後某條神經，才會有如此眞切的「僞感受」，感到有人觸碰、覺得有神祕未知的髮在他身上遊走！

沙……長髮擦到了他枕畔，移動時發出沙沙的明顯聲響，這次甚至碰到了臉！

不！不要鬧！他沒做過虧心事、也沒害過誰，拜託不管妳是誰，請妳離開好嗎！

遺憾的是他心中不管怎麼吶喊，成效都不彰，因爲他感受到胸口沉重的力量，那長髮又多又厚重的堆到他的胸前，甚至自他的身上往左側床緣滑去！

始終不敢、也無法動彈的他悄悄睜開一小縫的眼睛，黑暗中他隱約的看見一頭又黑又長的頭髮，自他身上流洩而下，蓋過他的胸口、床緣，乃至於床下……

好長啊！這麼長的頭髮，為什麼似曾相識？

趕緊再度閉起雙眼，他可不想看見那、個……照片中的女人影像，突然出現在他腦海裡。

那過臀的長髮，是他近期來看過最長的頭髮。

但，那個是照片啊！照片裡的人怎麼可能……他的左手擱在被外，青絲滑過他手背的感覺清楚得令他發顫，一直到髮稍末端的離開，他早已全身竄起了雞皮疙瘩。

接著，是有人行走的聲音，他的地板鋪設巧拼，為了方便及不弄髒地板，現下卻聽見不絕於耳的沙沙聲響，似乎繞著他的房間轉圈……沙……沙……

這太扯了！一定是夢，他做夢了，他不喜歡那張照片的氛圍，但還是刻在了腦海裡，接著揮之不去的變成了夢境！

啪沙！長髮驀地自上方垂上他的整張臉，蓋住了他的額他的眼他的鼻甚至他的嘴——

『你醒著對吧？』

「哇啊——」

他驚恐的大叫出聲，整個人彈坐而起，瞪直的眼看著眼前的牆與書桌，還有左方從窗外斜照進來的日光。

「……天……天哪！」他依然喘著氣，汗濕了衣裳，「幹！是夢嗎？夢……」

覺得心臟都要跳出胸口了，他坐在這兒都聽得見自己心跳的聲音砰砰砰響著，虛脫的低垂下頭，耳邊傳來的是鬧鐘刺耳的響聲。

「這夜也太難睡了吧！」他不爽的低咒著，向左後探身一把按掉鬧鐘。

七點整，帶著濕透的全身站起，他得要先沖個澡才行……感覺一整晚根本都沒睡好嗎！

「啊啊！」煩躁的用力搓亂一頭鳥窩頭，都不知道是壓力太大還是……哎！

感受到臉上又傳來搔癢感，他嚇得立刻往臉上抓摸，卻驚愕的瞧著自己的右掌……他的指縫間，有著綹綹長髮。

呆望著每個指縫間的長髮，心裡湧起一股惡寒！

「哇啊！什麼東西！」他覺得自己如果有翅膀，剛剛一定是飛起來的！

一邊使勁甩著自己的手，一邊跳離了床，踉蹌的向窗邊退去。

手上的青絲怎麼甩都甩不掉，這麼長的頭髮不可能是他的，這是女孩子的頭髮好嗎！

他慌亂的想衝進浴室裡沖掉不知道哪裡來的長髮，但還沒有時間去思考這一切，照片裡的女人、昨晚的夢、手上的長髮……他看著自己雪白的床榻，雙腳差點站不穩當。

他的枕上，也散落著黑色長髮。

男子焦躁不安的坐在位子上，他身後便是公司落地玻璃窗，今日天氣陰涼，陽光倒是不刺眼。

沉重的打開筆電，手上轉著ＳＤ卡，最後還是插進卡槽裡，打開了資料夾。

今晨從枕上抓起的長髮不是幾根，是一把，他不知道哪兒神經不對的把頭髮拉長拉直著看，幾乎都要拖地了！他不知道照片裡的女人身高多高，但就他一百七十八公分來說，都要過膝。

再怎樣也不是一般人的頭髮對吧？也不該是獨居男子房裡會有的長髮！

巧拼地板上有幾絲，客廳兼餐廳的方形桌上也有，甚至另有一小撮掛在洗手台邊……就像有人在他家到處閒逛行走，曾坐在桌邊的椅子上，曾使用過洗手槽，然後留下了她的長髮。

「哇！」冷不防的，身後有人輕推了一把，「看什麼呢？」

「哇啊！」男子發出驚人的叫聲，整個人幾乎是從位置上跳起來的。

附近所有的同事紛紛看了過來，隔著ＯＡ隔板的對面同事正咬著漢堡錯愕起身，怎麼這麼激動啊？

「嚇誰啊？旭淳？」對面的胖子皺起眉，「怎麼一臉見鬼樣？」

……呼，他撫著胸口，回頭看向女友，「一大早的妳有必要這樣嚇人嗎？」

宋嫻妤眨眨眼，幾分委屈，小手還縮著停在半空中呢，「我不是故意的啊，平常不都這樣嗎？」

「平常……」他懶得多說了，「沒事沒事！」

他趕忙要坐下，卻在屁股離座位幾公分前停住，一把拉過女友往他座位上按下，自個人倒是繞到側邊去，趴在ＯＡ隔板上。

「嗯？」宋嫻妤錯愕的望著他，眨眨不解的眼。

「妳看一下……那兒有個昨天日期的資料夾。」他指指筆電，「裡面有張照片，幫我看一下裡面那個女人的衣著跟背景是怎麼樣的。」

「女人？」女友只聽見關鍵字。

「唉，只是個參考！背景跟衣服！對了，還有光線！」嫻妤是設計部門，說不定可以看出那燈光的端倪。

宋嫻妤懷疑的望著他，「你ＩＴ部的怎麼會去看設計？這妹是多正？」

「妳看就是了！」旭淳嚥了口口水，很想故作無事。

宋嫻妤斜眼瞪他，手上倒是沒停下，噠達兩聲聽見滑鼠點開的聲音，然後她略圓雙眼，緊接著蹙眉，往螢幕前湊了近。

他緊張得手都要冒汗，扣著ＯＡ隔板，壓抑著緊張的心跳。

「所以？」

宋嫺妤朝他抬首，「哪來的女人？」

「嗄？」旭淳錯愕，「就、就裡面那個女人啊？」

「沒有啊，這張照片就只有……我還眞不知道有什麼啊，有夠空的！」宋嫺妤歪了頭，「光線處理得倒不錯啦！」

沒有女人？

旭淳終於鼓起勇氣的走回位子邊，女友的身後，看著筆電裡的照片：一樣的牆、一樣的燈光，但是本該站在那裡的女人不、見、了！

他打了個寒顫，下意識的搓了頸項，那被頭髮搔癢的感覺未止，強烈得令他發毛。

「女人呢？」宋嫺妤回頭望著。

女人呢？旭淳望著女友，卻答不出來，在他頸子上的髮絲感、留在他枕上、地上、椅子邊的長髮——她在哪裡？

離開了照片……難道到他家了嗎？

「旭淳？」宋嫺妤也注意到他蒼白的臉色，緩緩站起，「你怎麼了？臉色好難看。」

旭淳嚥了口口水，搖搖頭，「我……」

他不知道該怎麼解釋這荒唐的事件，昨天本該在照片裡的女人不見了，而他卻遇到了奇怪的事……如果有人對你說，照片裡的女人到現實世界？這說出去有誰會信？

「你好奇怪。」女友憂心的關切。

「沒什麼，就昨天睡不太好……」他謅了藉口，「等會兒要報告呢！」

「放輕鬆嘛……嗯，我去幫你倒杯熱咖啡？」宋嫻妤貼心的問著，讓他感動的點頭。

「現煮的！」她愉快的往茶水間去，嗜喝咖啡的她道具齊全，準備爲男友手沖一杯香濃咖啡。

指尖泛冷的旭淳坐了下來，他不安的把照片視窗關掉，確定昨天日期資料夾裡的確就只有一張照片，沒有別張，但今天打開的同一張照片，裡面切切實實的不存在任何一個女人。

「天哪！」他痛苦的扶額，這究竟怎麼回事？

他撿到了什麼？透過扶額的指縫往ＳＤ卡看去，這張卡有問題，難怪512Ｇ就放在那邊讓人撿，這根本是陷阱吧！

再看著展開的資料夾，今天的日期顯得特別刺眼，他遲疑著……昨夜只看了

一個資料夾就關掉了，那寫有今天日期的又會是什麼？

不該看，他這麼告訴自己，最後卻還是點開了！

當天日期的資料夾裡，依然也只有一張照片，旭淳覺得手指僵硬，心情沉重異常，必須做好幾個深呼吸，才敢把那張照片點開。

JPG檔，噠噠兩聲，照片展開。

展開的瞬間，他還恐懼的閉上雙眼，多害怕照片一展開會跳出什麼似的。

偷偷睜開，照片裡卻是一張平凡無奇……甚至可以說角度有點奇怪的照片。

不同於昨天那張陰暗的照片，這像是戶外照，天色透亮，一整面格狀的落地玻璃窗，遠處還可以遠眺各式大樓……咦？旭淳即刻移動旋轉椅子轉身看向自個兒身後，往左邊遠方看去，看見了一模一樣的建築！

角度不太一樣，但是在公司拍的沒錯！

爲什麼會在公司？一陣惡寒湧上，他飛快的再衝回椅子邊，看著照片裡的細節，這位子還要再過去點，不像他這裡這麼遠，而且樓層似乎還要再低……地板上有散落的卷宗，還有……

「也太香了吧宋嫻好！」右前方傳來羨慕聲，「我說旭淳是不是也太好命了！」

喝！旭淳倉皇抬首，看著女友端著咖啡從兩點鐘方向走來，嚇得趕緊一把蓋上筆電！

他不該再看了！昨天的事還不夠詭異嗎？今天居然變成以他公司為背景？這張ＳＤ卡絕對有問題！瞪著右側突出的ＳＤ卡，康旭淳氣忿的將卡抽起，一把扔進了垃圾桶裡！

宋嫻妤恰好繞到他的ＯＡ隔板左側，「咖啡。」

「謝謝！」旭淳連忙站起，接過熱騰騰的咖啡時，覺得自己連笑都不自然。

「報告加油！」宋嫻妤握拳，用力比了個加油的手勢。

他也有樣學樣，握拳做了個拉霸的手勢，「加油！」

沒事的。他捧著咖啡，趕緊暖暖心，他希望一切都是想太多，不管昨天在他房間的是什麼，說不定今天就離開了……跟著ＳＤ卡離開吧，那已經不關他的事了！

「康旭淳！」遠遠的，有人在吆喝，「準備開會啊！」

「好！」康旭淳趕緊抽起被筆電壓著的資料夾，連忙拿著咖啡趕往會議室去，「就來！」

被上司稱讚賞識的心情一掃了昨夜的陰霾，被肯定的成就感真的難以言喻，當康旭淳抱著愉快的心情回到座位上時，卻被一張躺在他筆電上的ＳＤ卡所凍結。

他僵在桌邊，看著那張再熟悉不過的ＳＤ卡躺在黑色的筆電上，握著杯子的手都在發顫。

「這……什麼……」這幾個字擠得困難。

這時，右手邊的美女向後推動了椅子，「你回來啦？剛打掃阿姨清垃圾桶時，發現這張ＳＤ卡，我想應該是你筆電上的吧，太不小心了，就幫你撿回來啦！不必謝！」

康旭淳望著同事，喉頭緊窒得說不出話，他沒有想要謝謝她的意思啊！

「謝謝。」偏偏他只能擠著微笑道謝！

迅速放下東西，他若無其事把ＳＤ卡包在手掌心裡，二話不說的走出辦公區，直接衝進男廁裡，把ＳＤ卡扔進了垃圾桶裡！

丟掉了丟掉了！這一次丟在廁間的垃圾桶裡，總不會有人再以爲他丟錯了吧！

彎身捧水沖了把臉，渾身冷汗叫他難受，但現在沒事了！對，沒事了。

步出廁所的他，眞心想鬆口氣，但是卻依然懸著一顆心。

因爲，昨天那張照片裡的女人不見了，而他家四處是長髮……就算卡丟了，那個女人呢？他那小套房今天還回去嗎？

緊握飽拳，一顆心難以舒展的回到辦公桌前，望著才十一點的時間，難受得

度秒如年！

吁，冷靜，冷靜。

「先調資料，對，要修改。」喃喃提醒著自個兒要做的事，他打開筆電，剛剛主管要求修改資料，他昨天做的資料存在筆電裡咧。

打開筆電，取消休眠，卻沒有進入主畫面。

一片黑屏，正中央跳出的視窗卻是**「請插入ＳＤ卡」**。

寒意自頭頂瞬間貫到腳底，康旭淳痴呆的瞪著自個兒的筆電，腦子裡是徹頭徹尾的空白！

搞什麼！他飛快的試著強制關機，指頭在鍵盤上飛快的移動著，但不管他怎麼按、不管強制關機幾次，開機的視窗永遠只有一個——**「請插入ＳＤ卡」**。

不不不不……康旭淳驚慌的雙手抱著頭，那張ＳＤ卡有病毒嗎？感染了他的筆電，迫使他一定要那張卡才可以使用？

他不想要那張卡啊！

「康旭淳！喂！」同事拍了拍ＯＡ隔板，「你是在發什麼呆？」

咦？惶恐的康旭淳抬起頭看向同事，他的雙手還插在髮裡，「什麼？」

「你是怎樣？怎麼像恐慌症發作了似的？」同事覺得莫名其妙，「經理在要資料了，你快點！」

資料……康旭淳點點頭，用力嚥了口口水，不得不站起身。

他必須去拾回那張ＳＤ卡。

舉步維艱，每一步都沉重得令他難受，他有種非常不好的預感，那張ＳＤ卡彷彿跟定他似的，就是不放過他！

「報告得怎樣？」左手邊冷不防的跑來宋嫺妤，俏皮的問。

反應慢了幾秒，但他還是擠出笑容，「過關。」

不能讓嫺妤擔心，對，他當務之急，是要先把資料調出來再說。

「就說你沒問題的！」宋嫺妤嫣然一笑，輕拍他的肩頭，「我去送文件，中午一起吃？」

「好。」如果他吃得下的話。

一同步出辦公室後，宋嫺妤愉快的朝左拐去，她並沒有要搭電梯，因爲久坐的緣故，如果只是幾層樓的事情，她一向都會走樓梯。

康旭淳看向女友的背影，她右手圈著的卷宗……黃紅綠？

等等，那三個顏色不就是照片裡落在灰色地板上的卷宗夾顏色嗎？淺灰色的地板，跟樓梯間一樣，樓梯是——康旭淳即刻往前追去，宋嫺妤已經往下走了，他在樓梯邊緣煞住了車，目瞪口呆看著眼前那一大片格狀玻璃窗。

就是這個角度，那幾棟大樓，一模一樣的位置，只是……樓層再低了幾層！

天哪！

「嫻妤！」康旭淳驚惶的抓著扶把，趴在扶把間隙對著樓下大喊。

咦？低了兩層樓，正要跨出步伐的女孩止步，好奇的抬起頭，透過樓梯扶把的間隙，抬首與男友遙遙相對。

「什麼？」她覺得有趣的綻開笑顏。

然後，一隻擁有紅褐紗袖的手，從宋嫻妤右後方伸出——用力推了她。

連聲慘叫都來不及，女孩砰磅咚的摔下了樓！

紅褐色的紗袖，那連身洋裝……依然趴在樓梯扶欄的康旭淳僵在原地，看著莫名其妙出現的女人旋身離去，隔了兩層樓的高度，只能看見一小角的身影，但她果然有著一頭及地的黑色長髮。

「什麼聲音啊？」樓下的人率先聽見巨大落地聲，「……咦？有人掉下樓梯了！」

「是設計部的宋嫻妤！」

康旭淳發抖著離開了樓梯旁，他牙指打顫的都要咬到自己的唇，二話不說的回身直接衝向了男廁！

樓梯那兒一片騷動，各樓層的人都走了出來，或叫救護車或喚著宋嫻妤，也有人趕緊先拍照；而在男廁廁間裡，有個人正瘋狂的翻找垃圾桶，在底部找到了那張紅色的ＳＤ卡。

雙手姆指捏著那張卡時，康旭淳忍不住哭了出來。

「嗚……嗚……爲什麼會這樣？妳到底要我怎麼樣？」他失控的吼著，「妳到底想怎樣？啊啊啊！」

回音陣陣，但所有人都在外頭關心失足摔落樓梯的女孩。

這到底是什麼東西!?這種瘋狂的事怎麼會發生在他身上？這張卡有怨念嗎？還是被什麼附身了？那個女人是……鬼嗎？他沒有傷害誰啊，只是……只是撿了一張ＳＤ卡！

該死！

他拿出手機，慌亂到手指都對不準，他不懂這些，他必須求救……一定得……

電話響了好久，頹然坐在馬桶上的康旭淳焦心不已，淚水大滴大滴的滑落，或許弟弟有課，或許正在……喀。

『喂！喂？』電話通了，是狐疑的語調，『哥？怎麼了嗎？這個時間你怎麼會打給我？這可奇了。』

「晉翊……」康旭淳痛苦的仰首向天，「我好像遇到怪異的事了。」

第二章
預言資料夾

照片是直式的，絕大部分的景色是康旭淳公司的透明玻璃落地窗，唯樓梯間是格狀設計，也就是一窗一窗，非一整片玻璃；天色呈現暗灰色，一如今天的天色，淺灰再帶了點白，地板是淺灰色磨石子地，散落著紅黃綠三種顏色的卷宗夾。

只是在照片下緣，中間偏左的地方還有東西，當時康旭淳因爲分神，所以沒來得及細看。

如果他仔細看，就會發現那雙做有粉色凝膠美甲的手，只有兩根手指，與他的女朋友一模一樣。

他的女友宋嫻妤沒有生命危險，就是摔落樓梯時有輕微腦震盪及右腳骨折，總算是沒有大礙。

轉醒後的她說是有人推她下樓，但是調閱監視器後，那時並沒有任何人在她身後，反而是叫住她的康旭淳較令人懷疑，畢竟在女友摔下樓後，他第一件事不是下去救助女友，而是轉頭就跑。

康旭淳解釋不清，他不敢說看見了什麼，只說聽見有人去看顧女友了，他有更重要的事要做，這種理由在外人耳裡聽起來就是藉口，所以公司同事們都用奇異的眼神看著他並竊竊私語。

在醫院也沒能跟女友說上幾句，可能是聽到了傳聞，宋嫻妤的哥哥很不客氣

的請他離開，嫻好也沒有說要見他的意思。

他當然冤，但問題是現在除了冤之外，他什麼都做不了。轉動鑰匙，他望著自家大門的鎖，現在卻連開門的勇氣都沒有。

「哥？」康晉翊站在後頭，留意到他的定格。

「我不敢開。」康旭淳老實的垂下雙肩，「天曉得裡面有什麼？」

上午出門前的驚慌他沒有忘記，昨夜再加上今天發生的事，幾乎都確認是那張ＳＤ卡、那兩張照片的問題！

打給尚在唸大學的弟弟，他是「都市傳說社」的社長，這種光怪陸離的事件，他也只能想到他；弟弟果然第一時間就跑來找他了，兩地相距一小時多，輕軌線直達。

而且他人不只來了，還帶了其他同學。

「但是總得要進去看一下吧。」瘦高精實的童胤恒輕聲說著，「而且您也必須拿些行李，才好住到社長家去。」

童胤恒，名字有點難記，但是他聽弟弟都叫他童子軍，也是「都市傳說社」的社員之一，看上去又高體格又好，是個開朗的人，不停的溫柔安慰他。

他身旁站著的女生眼珠子總是咕溜溜轉著，打量著附近，見面到現在才兩句話，兩句都是他很難回答的問題。

「我叫汪聿芃，照片的女人走出來不是應該很小嗎？」以及「你筆電是打開的嗎？不然她怎麼走出來？」

這叫他怎麼回答啊？他哪知道？筆電是蓋著的，半夜她人就在他家徘徊了啊！

「我肚子餓。」她拉了拉童胤恒的衣服，「可以快點嗎？」

童胤恒深吸了一口氣，朝她挑眉暗示，是不是可以有耐心一點？

康晉翊見著哥哥的遲疑，他實在也沒多大勇氣，不過還是主動上前，跟哥哥交換位子，「哥，我來好了！再怎樣看電腦的不是我，應該不會首當其衝。」

「不一定吧？」童胤恒還是擔憂，「不然你站到樓梯上，推門時用指尖推，再趕緊閃開？」

現在怕的是，會不會一開門，就有什麼東西衝過來？

汪聿芃看著在門前討論的人，聽著自己肚子發出的不平之鳴，昨天本來說好今天晚上要去學校山下新開的煎餃店吃飯的！她一直很期待，結果社長的哥哥說遇到了什麼怪事，大家就跑來了。

問題是，這裡離學校那麼遠，動作不快點怎麼回去吃煎餃啦！

「唉。」她不耐煩的上前，一把拉開了康晉翊，轉開鑰匙壓下門把，直接就推開了門！

咿——在眾人錯愕之際，汪聿芃已經把門推開，還順手開了燈。

沒有大家想像的衝出什麼人，屋子裡也一如他早上出門時的整齊，但是桌上地上的確又落下了長髮，最明顯的是在餐桌上的一大撮黑髮，長到垂下了桌子。

「好像沒什麼！」汪聿芃往裡頭探頭張望，「哈囉？」

「汪聿芃！」童胤恒連忙上前把她往後拉，「妳是怎樣？這很危險啊！」

「還好吧！」她倒是不以爲意，「應該不會針對我們吧！再怎樣，也應該是針對社長他哥嘛！」

康旭淳眉頭深鎖，還是硬著頭皮踏入家裡，康晉翊望著地上的髮絲，果然如哥哥所形容，是個頭髮很長很長的女子。

「我收一收就來。」康旭淳啞著聲出口，小心翼翼的踏入房間。

這裡他是不敢住了，誰也不希望與陌生的東西共處一室，更別說晚上睡覺時感受到那女人就在自己身邊，想到便頭皮發麻。

童胤恒勾起桌上的長髮，舉起手想測量長度，這眞的不是一般女人會有的頭髮。

「照片裡的人眞的會走出來嗎？」康晉翊望著一屋子的頭髮，若有所思。

「鏡子裡的人都能出來了，區區照片裡的算什麼！」汪聿芃漫不經心的回應，直接抓起頭髮查看。

童胤恒暗瞥了她，是啊，遇到這麼多次都市傳說的他們，該是見怪不怪了！之前有人挑戰「我是誰」的都市傳說，每天對著鏡子裡的自己問十次我是誰，結果果然忘記自己是誰，因爲鏡裡莫名世界的人，就這麼取代而出。

「這也是都市傳說嗎？」童胤恒覺得離奇，「還是那張卡的主人，發生了……」

後面他不明說，只是暗示，會不會是靈異事件？

「子芸正在查，我覺得我似乎有見過類似的事……所以我才會立刻過來。」康晉翊不愧是社長，知道的都市傳說還是比較多，「而且我之前在別的論壇有看過類似的發文。」

「類似的發文？是照片裡的人走出來嗎？」童胤恒倒是吃驚，有這種發文應該會嚇死一堆人吧？

「是ＳＤ卡吧。」汪聿芃將長髮朝自己的手上纏繞，一圈又一圈，「好像是說撿到了奇怪的卡，問大家要怎麼辦。」

康晉翊投以讚賞的眼神，汪聿芃雖然想法有點跳TONE，但是她也是眞心喜歡都市傳說的人，倒是留意到不少事情。

頭髮長到得繞好幾圈才能繞完，汪聿芃走到流理台邊，把纏繞上自己手腕的長髮又給繞開，再扔進一旁的垃圾桶裡。

「要不掃一下吧？」童胤恒望著一定的長髮，興起了想整理的念頭。

「我說啊，不管那是誰，照她這種掉髮的樣子，病得不輕耶！」汪聿芃好不容易才把手上的頭髮甩乾淨！

康晉翊跟童胤恒不免一怔，接著紛紛忍不住笑得噗哧出聲。

「化療很多次了吧！」康晉翊都開起玩笑來了。

「我認眞的耶！正常人會掉成這樣嗎？」汪聿芃指向流理台邊，「這是一整撮耶！」

童胤恒搖了搖頭，他倒是沒想到這點，但眞的照這樣掉髮下去，那個女人早晚變禿頭吧！康旭淳正拎著行李步出，恰巧聽見汪聿芃的說法，有些哭笑不得。

「晉翊，你同學……很妙啊！」這種情況還能開玩笑。

「汪聿芃就這樣，我們叫她外星女。」康晉翊指指頭，「天線跟邏輯跟我們不對頻。」

哦……康旭淳似懂非懂，示意他整理完畢，可以走了。

「在搞清楚前暫時就別回來了。」康晉翊動手把身邊的瓦斯總開關關掉。

康旭淳悲哀的望著房間，基本上就算搞清楚什麼事，他也不敢再一個人住在這兒了啊！還有七個月租約到期，他也還不知道該怎麼辦。

學生們魚貫走出，由康旭淳鎖上自己家的大門。

準備關上門前，他最後環顧一圈，視線落在客廳的裡牆上……他怎麼沒有聯想到，他餐桌往裡的那面牆，就是深藍色的啊。

前方的燈……抬頭向上，垂下的燈罩，不正是他餐桌上的燈具！

一股電流竄過身體，他握著門把的手縮了幾吋，意識到一件不得了的事情：那張照片的背景，是他家!?

「怎麼會……」他詫異的瞪大雙眼，重新推開門，踏進屋內往左邊裡角看去。

那面牆、那扇燈……女人的角度明顯避開了桌子，燈光過亮所以模糊了燈罩的外形，但的的確確就是這面牆！

唰嘩啦——遠遠的，在他房間的廁所裡，傳來沖水馬桶的聲音。

康旭淳驚愕的往右邊轉去，不敢想像等等……會從他房間裡走出來的……會是……

康晉翊飛快上前，一把將哥哥拉出來，砰的把木門拉穩妥，迅速鎖好，這同時童胤恒已經接過康旭淳手上的行李箱，一邊催促著他下樓，康晉翊的手也沒多穩，他發顫的鎖上鐵門，心裡又急又恐，就怕鎖到一半——

那木門突然拉開他應該會嚇死。

一鎖完逃命似的往樓下衝，可偏偏汪聿芃還站在對門鄰居家門口，望著康旭淳的門。

「走了！」康晉翊使勁拽下她，「妳是想等裡面的人開門嗎？」

「她如果能出來，那我們鎖了也沒用不是嗎？」

「汪聿芃！」已經低兩階的童胤恒低吼一聲，不要哪壺不開提哪壺啊！

康晉翊沒吭聲，他怎麼可能沒考慮過這個選項，但只能希望不要發生這種事，因為哥哥是要住到他宿舍去啊！

「先坐吧！」女孩客氣的請大家入內，小小間的家庭式房子，所以有個約五坪大小的客廳空間，「我去倒個水。」

「子芸，不必招呼，我是來拿東西的。」康晉翊趕忙上前低語，「就我之前放在這裡的……」

「我知道，我收好了。」她有點微赧，眼神一直閃避，接著轉身匆匆往房間去，康晉翊也即刻跟上。

其他兩個房間的房客探頭出來，有幾分好奇，但也只是頷首打招呼後便回房；小小的客廳坐著依然心慌的康旭淳，還有面無表情的汪聿芃，以及無奈嘆氣的童胤恒。

「康晉翊是社長，簡子芸是副社長。」他簡單的跟康旭淳解說，「我們之前遇過一些都市傳說，副社狀況不太好，都是由社長照顧。」

「照顧……」康旭淳挑了挑眉，「住在這裡嗎？」

「呃……」童胤恒尷尬的笑了起來，「副社被活埋過，有幽閉恐懼症，所以社長會來陪她醬子。」

「哦！」康旭淳哦得很機車，這是個什麼狀況他心知肚明了啦！「所以交往了嗎？」

童胤恒連忙搖頭，還明示暗示的比了個噓，這是件全世界都看得出來、但當事人死不承認的事。

不一會兒，康晉翊果然也提了另一個行李袋出來，康旭淳嘴角忍不住上揚。

「先這樣，我帶我哥回去。」康晉翊也很不自在，有種被大家盯著的感覺。

「等等！我可以看一下那張ＳＤ卡嗎？」簡子芸語調裡亦難掩興奮，看向康旭淳的雙眼閃閃發光。

康旭淳立即緊護住公事包，嚴厲拒絕，「不行！」

面對他突如其來的慍怒，反而叫大家有點不知所措，康晉翊趕緊趨前，緩和哥哥的情緒。

「哥，我們只是……」

「說不行就不行！你們知道會發生什麼事嗎？」康旭淳抬頭看著弟弟，「我

今天就是讓嫻妤幫我看了照片，她立即就出事了！」

「所以照片改變的意思嗎？」簡子芸忍不住微揚嘴角，一種既激動又敬畏的口吻，「原本今天日期的照片不是那張？是因為您讓女友看過之後，照片自己變了？」

咦？康旭淳一怔，心頭跟著興起寒意，「我沒想過這個……我之前沒開過這個資料夾。」

但是這個女生這樣提，卻讓他更驚慌了。

「噢。」簡子芸語氣難掩失望，「我以為原本是A照片，是因為女友看了之後照片才變成公司的模樣了。」

「我也以為……」康晉翊跟著微蹙眉頭，「哥，你沒看其他天的喔？」

「我沒……我怎麼可能再看其他天的！你知道我光看見那張照片就心裡發毛嗎！那個女人看得我毛骨悚然！」康旭淳說著，包包扣得更緊，「就是這樣，我上午才讓宋嫻妤幫我看昨天的照片，誰知道……照片裡的女人不見了。」

概略的事，康晉翊都已經轉述給大家知道，但依然不甚詳細，畢竟哥哥在電話裡說得慌亂，沒有章法。

「那快點吧。」汪聿芃滑坐下來，端坐在茶几邊，雙手朝向康旭淳，恭恭敬敬。

「快點什麼？」

「把其他天的資料夾都看完啊，應該一開始就要先全看過吧！」汪聿芃說得理所當然，「手上擁有的資訊已經夠少了，要先發制人才對。」

康旭淳狠狠倒抽一口氣，捧著公事包轉身，「我就說了不許看！看了會出事！」

「你擔心康晉翊的話，那我看吧！」汪聿芃這聲音可飛揚了。

康旭淳不可思議的正首看向一臉燦笑的女孩，還有那個溫柔的簡子芸，連開朗的童子軍都藏不住眼底的光輝，甚至他的弟弟也都——

「你們這是怎麼回事？你們應該恐懼、害怕！」他跳了起來，「那張ＳＤ卡太邪門了！你們不覺得奇怪嗎？那可能是鬼、可能原主人遭遇了什麼事……是我不好亂撿東西，我扔了它、它還會想辦法回來，它回不來就讓我不能開機……連嫺妤都被連累！」

康旭淳一緊張害怕就開始喋喋不休，在窄小的客廳裡走來走去，「我得想辦法……我是不是應該去廟裡？還是——」

「哥，讓我們看看吧！」康晉翊誠懇的勸說，「我們有處理類似事情的經驗！」

呃，童胤恒微皺眉，可以這樣說嗎？現在又不確定這是不是都市傳說，他沒

印象有關於ＳＤ卡的都市傳說啊。

驅魔的話，他可不會！

「反正我們更糟的都遇過了。」汪聿芃指向簡子芸，「她都被收藏家活埋過，要製成活人木乃伊呢！」

康旭淳一怔，臉色慘白，「這是凶殺案吧？」

「哥，我們社辦才失火，我差點被燒死你記得嗎？」康晉翊希望多舉點例子勸慰哥哥，「但是不都沒事。」

康旭淳緩緩的看向弟弟，抽了口氣。

「康晉翊！上次失火不是說因爲有人亂丟煙蒂嗎？而且你說你沒在裡面！」康旭淳瞪圓雙眼，「你現在說是因爲都市傳說？還差點被燒死？」

欸……康晉翊笑得尷尬，死定了！他之前跟家人講社團失火的事當然會避重就輕啊，怎麼能提到是因爲都市傳說的緣故？還說自己也在火場裡？

「都市傳說社」之前上過太多次新聞，父母擔心自不在話下，他怎麼可能實話實說啦！

「我想看！」汪聿芃不想囉哩叭唆，再度認眞的舉高了手，「明明有資訊卻不看，這是在害人害己！」

「汪聿芃。」童胤恒低聲警告，說話客氣些。

「害人……害己?」康旭淳有些不太高興。

「如果早上你認真的看過照片，說不定可以阻止你女朋友摔下樓啊!」汪聿芃歪了頭，「所以現在應該看一下明天的照片是什麼!」

簡子芸抿了抿唇，看著康旭淳陣青陣白的側臉，她知道汪聿芃是說白了些，但這就是大家的重點。

「康哥，汪聿芃說得是，既然你手上有資訊，我們就可以省去亂猜的過程。」她一字一字，堅強但溫柔的說，「越早知道，越能及早防範。」

康旭淳只是不敢置信的轉頭看向自己的弟弟，腦子裡浮現的是不停出現在新聞上的「都市傳說社」：活埋、殺害小孩以及失火的新聞，但弟弟每次回來都是訴說著稀鬆平常的謊言……

「康晉翊?」他憂心忡忡的皺起眉，「你到底都在學校搞什麼?」

見康晉翊端起微笑，冷不防的從哥哥手裡奪下公事包，行雲流水的即刻傳給簡子芸，簡子芸再扔給了童胤恒。

「都市傳說啊!哥!」

「喂!」康旭淳一時措手不及，但其他人聯手趕緊擋住他，桌邊的汪聿芃已經打開筆電了。

現在都晚上七點了，距離下一天只剩五小時，哪有人放著明擺的線索卻置之

不理的啦！筆電一打開，電源自動開啓，畫面就跳出了ＳＤ卡的資料夾，非常便利自動。

「哇，好像怕我們看不到似的。」汪聿芃眨了眨眼，看上面一排資料夾，「先看明天日期的。」

「喂！住手！」康旭淳緊張得難以言喻，這些學生不該捲入這種邪門的事情啊！

噠噠兩聲，汪聿芃已經點開了照片。

這瞬間康晉翊連攔都懶得攔了與簡子芸一同湊到汪聿芃身後，四個人擠在筆電前，好奇興奮又帶著敬畏的心，看著跳出來的照片……嗯，該怎麼說呢？

汪聿芃歪著頭，看著超級單調的照片。

天藍色的水底，只看見水波紋，靠近鏡頭這邊有些許氣泡，然後沒了！

「水？」童胤恒瞇起眼，「放大一點，這是海底還是泳池？」

汪聿芃依言滾動滑鼠，「泳池，有範圍，對面是白牆嘛，而且藍成這樣一定是泳池！」

鏡頭看來是在水底下拍的，因爲全部都是水，沒有岸緣也沒有任何人煙，不過可以從底部的界線看到邊界。

泳池底磚是白色大方塊，沒有什麼很特別的圖案。

放大後的照片除了水還是水，汪聿芃特地把每個角落都細細查看，除了水泡跟較密集的水紋外，沒有任何特殊的標記。

「那個黑點是什麼？」汪聿芃指向照片最遠方的黑點。

那眞的是「點」，像沉在水裡的沙子。

「那只是什麼髒東西吧！」康晉翊嘆了口氣，「我還以爲照片會有什麼線索。」

「有啊，明天會有事情發生在泳池。」童胤恒挑了挑眉，「問題卡在哪個泳池罷了。」

「哈哈哈，好巧喔我也知道。」康晉翊翻了個白眼，「世界上有多少泳池啊……嗯，該不會誰明天有體育課？」

幾個人狐疑的看向他，「就算有課也沒人修游泳啊。」

身爲短跑冠軍紀錄保持人的汪聿芃，曾是籃球校隊的童胤恒，康晉翊跟簡子芸兩個基本上不運動，選修的體育學分絕對是混學分用的，哪有可能選那麼麻煩的游泳啦！

康旭淳終於鼓起勇氣也湊了過來，看見完全在水底的照片，還是心生不安。

「我可以看前面的嗎？」汪聿芃畫面移回主資料夾。

「不可以！」康旭淳緊張的就想蓋上筆電。

童胤恒飛快的扣住筆電螢幕的另一面，阻止他闔上，「康哥，發生的事已經發生了，重點是要怎麼去破解或是解決它！」

「對啊，蓋上你女友的骨頭也不會立刻好。」汪聿芃用莫名其妙的眼神望著他，「逃避是最爛的解決方式了。」

逃避？康旭淳錯愕非常，遇到這種事誰不想逃避啊！

汪聿芃已經在說話同時點開了第一天的照片，見到的自然是失望，只有一片牆跟燈而已。

「女人呢？」簡子芸口吻難掩失望，「不是有個詭異的女人對你笑？」

「那個女人病得很嚴重。」汪聿芃回頭認眞的對簡子芸說。

「病？生病？」簡子芸不太明白的看向康晉翊。

唉，康晉翊無奈笑笑，「我哥公寓裡到處都是長髮，昨天床上就有留下了，一般人要掉髮掉成那樣……」

「噢，化療啊。」簡子芸恍然大悟，「所以照片中的女孩是癌症患者嗎？」

「不是啦！妳別聽她錯頻！」童胤恒輕戳了汪聿芃的頭，「那應該是對方刻意留下痕跡，以昭告天下，我、在、外、面！」

康旭淳打了個冷顫，是啊，不需要留下這麼多長髮，光是昨夜在他床上的示威，他就已經明白了。

「那面牆……是我家。」他幽幽的說，「就靠廚房旁邊那面牆。」

「什麼？」眾人莫不可思議，「照片在你家拍的？」

「不可能吧！怎麼可能會在我家拍？這豈不是闖空門了？」康旭淳即刻反駁，「我不知道爲什麼會是我家，我也是剛剛離開前才突然意識到的！」

今天之前，康晉翊從未去過哥哥的住所，他眞的不熟，連牆壁什麼顏色他都不太有印象——但是一張在輕軌列車上撿到的SD卡，裡面的照片背景卻是哥哥的家？這種巧合未免太令人毛骨悚然了吧！

「第二張卻是在公司……」簡子芸喃喃說著，「背景是圍繞著康哥的生活圈嗎？」

「這太詭異了吧？怎麼會有這種事？不是外面撿到的SD卡嗎？活像刻意爲他量身打造似的？」童胤恒乾笑兩聲，撿到的卡還會剛好跟康晉翊他哥有關？

嗯，這樣說來，泳池也會跟康旭淳有關嗎？汪聿芃點開今天的照片，果然在最底下發現兩根手指，上頭是粉色凝膠指甲，的確是有人倒在那兒的模樣。

「會不會，是順著撿到的人而改變？」汪聿芃好奇的回頭，「照片是隨機生成的，看誰撿到，就以誰爲主？」

這句話，讓康旭淳徹底嚇到了！

「妳知道妳在說什麼嗎？」他的聲調有些顫抖，「這根本是……不可能……」

「照片裡的人走出來了，哪有什麼不可能啊！」汪聿芃用困惑的眼神看著他，這位哥哥才經歷過耶！

簡子芸用手肘推了推康晉翊，他哥一時無法接受這種怪誕之事，需要點時間，他應該多加安撫才是；所以康晉翊上前想拉過康旭淳，卻被他如驚弓之鳥般的拒絕。

「哥！你冷靜點。」

「我怎麼冷靜得下來！你們知道我正遇到了什麼……荒唐的事！」康旭淳低吼著，情緒激動。

「所以請試著接受荒唐吧。」童胤恒平穩的說著，「想想昨天半夜你感受到的長髮搔頸，那是多可怕又不可思議的事對吧？因此要盡快解決這件事。」

康旭淳聞聲打哆嗦，是啊，頸畔的長髮想來就發毛，想著那個女人究竟離他多麼的近就可怕。

「我記得之前在別的論壇看過相關的帖子，也是說撿到ＳＤ卡，接著發生很奇怪的事情，原本大家都在等後續，不過……」簡子芸頓了幾秒，別開眼神，「後來都沒有更新，所以大家也不知道事情發展。」

「匿名嗎？能找得到學校嗎？」康晉翊關心的是這一點，「如果有前例的話，或許能問到一點蛛絲馬跡。」

「有，而且至少有兩個人都貼過，」簡子芸點了點頭，「第一張照片，似乎大家都是一樣的。」

一個長髮的女人，開啓照片的當晚，就會覺得家裡多了一個人在走動，以及滿地的長髮。

「所以眞的有可能是都市傳說嗎？」童胤恒聲音變得很低沉，「都有前例了。」

「希望不是，但是……」康晉翊搖了搖頭，「一張可以預知未來的SD卡？掌控你電腦的SD卡？我不知道該叫它什麼了。」

「晚上我會聯繫小蛙跟蔡志友他們，請他們幫忙找之前也撿過SD卡的人。」簡子芸要汪聿芃把筆電蓋上，「讓康晉翊他們先回去吧。」

汪聿芃皺起眉頭，紋路超深的看著大家，「沒有人想看一下後面幾天的檔案嗎？」

現場頓時鴉雀無聲，這眞是令人折磨掙扎的問題：先看未來的事情，勢必影響到他們對於明天事件的專注度，但是如果不趁現在看多一點，又該怎麼抓出慣性？

啪！康旭淳邁前一步，隔著茶几一把將筆電蓋上，令汪聿芃一陣錯愕。

「不要看，我不覺得這種東西看多了好。」他抄起筆電，趕忙收進公事包裡，「我現在只想好好睡一覺，然後其他的明天再……明天，你們別去有水的地方！」

「好！」康晉翊用力搭上哥哥的肩，「哥，你放輕鬆，這種事得要平常心面對。」

平常心？康旭淳用你在說什麼鬼話的臉看著自己的弟弟，他不知道晉翊的膽子什麼時候變得這麼大了！

這種事怎麼平常心？

「大家散了吧，待太久打擾我樓友。」簡子芸輕聲說著，歉意連連。

「啊，好好！那明天社辦見。」童胤恒趕忙拉了汪聿芃起身，就她一臉不情願。

「康哥，我們是沒什麼接近水的機會啦！」汪聿芃嘟著嘴，「但你公司有泳池嗎？」

康旭淳一怔，圓了雙眼。

還真有！

第三章 死亡前的視角

學校的社辦分為嶄新大樓與舊式鐵皮屋區，過去曾紅極一時的「都市傳說社」由於多次與奇異的事件連結關係，又曾找到屍體及協助破獲無名懸案，當年提起A大的「都市傳說社」幾乎是無人不知無人不曉。

但隨著創社社長的失蹤、加上初代成員逐一畢業，爾後也沒再發生什麼特別事件，這個社團漸漸鮮為人知，曾經因好奇或一時風潮加入的社員自然留不久，剩的便是真心喜愛都市傳說的份子，但充其量最後也演變成一種同好社。

大學生活多繽紛啊！所以除非真的非常有愛，否則同好社最終也會走向式微路線，想要恢復過往榮景的人也是一屆跟著一屆畢業，幾年後就已經沒幾個人記得這個社團了。

隨著當年失蹤的社長一樣，連「都市傳說社」過去發生的事情，都成了另一種都市傳說。

直至這屆，因為缺席沒參加大會、反被陷害成為新任社長的康晉翊，帶著所剩無幾的社員從大樓搬到了舊式的鐵皮屋區，位子於角落卻也清靜；雖然不是自願成為社長，但康晉翊對都市傳說的喜愛可一點都不遜於人，擔任社長後自有責任感誕生，相當盡責。

而似乎符合「都市傳說」的特性，社團一低調後，卻開始遇上都市傳說。偏偏這個社團的活躍，背後必定伴隨著「都市傳說」。

這是種矛盾，都市傳說的出現幾乎都會有所傷亡，這是大家不樂見的，但是對於喜愛都市傳說的人來說，能像創社元老群學長姐們那樣遇上都市傳說，依然是件令人血脈賁張的事啊！

在死傷與個人夢想實現的興奮中，永遠令人難以抉擇！

「汪聿芃，上面我來吧！」童胤恒一進臨時社辦，就看見女孩拿著掃把踮起腳尖，在清掃天花板的蜘蛛網。

「啊！」回頭的女孩黑髮上全是灰塵。

「妳好歹口罩戴一下啊！」童胤恒趕忙接過掃把，抬頭看著天花板，「是說這不是暫時的社辦嗎？需要打掃到這麼徹底？」

汪聿芃聳了聳肩，「我無聊。」

不到兩個星期前，有不相信都市傳說的學生們挑戰了「你是誰」的都市傳說，結果令人意外又悲哀，那群原本就對「都市傳說社」有意見的學生放火燒了鐵皮屋社辦……噢，嚴格說起來，他們想燒死的是「都市傳說社」的社員。

最終自然沒有得逞，而縱火者都被抓到警局，拘留期間，卻盡數在候詢室裡人間蒸發。

但「都市傳說社」的人都知道，「你是誰」的都市傳說中，每晚十次對著鏡裡的自己質疑自己是誰，結果便是自我人格的被抹滅，取而代之的是……無法解釋、不知哪個世界前來的人。

那些挑戰的學生們，最終是踏入了鏡子裡，徹底抹滅自身。

家長、警方與校方的糾葛尚未結束，畢竟孩子就這樣消失誰都不能接受，而學校對於縱火的求償也很頭大，至於受害者的學生，「都市傳說社」的社員們——大家都非常良善，不打算對縱火者提出任何求償。

基本上人都不知道去哪兒了，就算還在也不知道自己是誰了，還能求什麼？

「還是掃一下吧，這教室很久沒人用了，我們每天都在這兒，灰塵掉滿頭，又吸一堆髒汙！」簡子芸提著水桶步入，驚訝的看向汪聿芃，「汪聿芃！妳的頭髮！」

嗯？她皺起眉，學狗兒一樣用力來回甩頭。

「哇啊！別甩啦！妳小狗嗎？」簡子芸連連後退，「咳咳！妳把灰塵甩得到處都是了！」

「我喜歡這裡。」她抬頭看著見方的天地，露出滿足的笑容。

童胤恒失聲而笑，「都市傳說社」的人喔……眞是一個比一個孤僻！

鐵皮屋社辦之前一共三個社團，一把大火燒盡所有社團後，學校只能臨時爲他們找地方；社辦大樓幾乎全滿，臨時要讓別的社團騰出空間也要看別人願不願意，所以學校只好找久未使用的教室，讓他們暫時棲身，等社辦大樓的空間喬好

後，再找他們回去。

「都市傳說社」暫時被安排在絕對偏僻的舊校區。

舊校區幾乎是學校的另一邊了，相當偏遠，除了幾間陳舊的教室外，多半都是步道與花園；中間會經過行政大樓，然後沿著石板大道往下走，一路到操場就是像私塾似的一層樓建築物，木造房子古色古香，一整排間間相連，每間教室都非常寬敞。

只是因爲這附近都是樹木繁盛，灌木叢造景，夏季蚊蟲甚多，又沒有加裝冷氣，爾後新校區的新大樓一棟接一棟的興建，在教室足夠的前提下，這裡的使用率就越來越低了。

而且老實說，學生會自動跳過位在舊校舍的課。

臨時社辦就位在樓房教室的最後一間，石板大道的最角落。

學校給他們的是充當倉庫的教室，其實裡面已經沒堆多少東西，灰塵蜘蛛網倒是不少，不過好處是有一整間教室那麼寬廣呢。

重點是，這間教室位在石板大道末尾，再往下沒有任何教室，而是通往校區外的路，從一旁的馬路往山下騎，便是青山路，當年轉個彎就能遇到紅衣小女孩追著你機車跑的好地方。

「我也挺喜歡的，所以我想打掃乾淨。」簡子芸揮著空氣裡的粉塵，「讓晉翊去談，說不定可以把這間讓給我們當社辦。」

童胤恒無力極了，「我是不反對啦，但是你們要知道，這裡離每個學院上課都非、常、遠！」

「沒關係啊，運動嘛！」汪聿芃說得稀鬆平常，「多鍛練是好的！」

「妳跑那麼快當然覺得沒關係。」童胤恒悻悻然的回應著，「副社你們也ＯＫ就行。」

「求之不得，學長姐都說我跟晉翊沒在運動，很肉咖。」簡子芸暗自握了握拳，「我得再加把勁！」

他們跟著創社時的學長姐鍛練身體，因爲小靜學姐是女子格鬥冠軍，毛毛學長是黑帶，還有誰能是更好的教練，教他們鍛練身體與防身術？大家每天少喝一杯飲料，假日的娛樂省下來，湊齊學費請學長姐教導，總比每次遇到都市傳說時，只能逃命好吧！

點開「都市傳說社」的社團臉書，裡面記載了社團從創社以來遇到的所有都市傳說！都市傳說最令人難以承受的是莫名其妙的攻擊——裂嘴女突然出現就會拿剪刀要剪開你的嘴、沒燒盡的娃娃會追著你要把刀刺進你胸膛、鄰居會想把你活埋做成娃娃、吃個飯可能會被活活燒死……

看著記錄裡小靜學姐總是能自保，還有餘力順便保護其他學長，他們自己也

深刻體會到鍛練的重要性，尤其對不太運動的康晉翊而言感受更深刻，在危急時刻，能衝能跑的幾乎都只有短跑冠軍的汪聿芃跟前籃球校隊的童胤恒，比起來他們只要不扯後腿就要偷笑了。

「我已經能跟學姐對上好幾招了！」提起這個，汪聿芃就一臉驕傲。

「我跟學長也是。」童胤恒邊說會邊泛起微笑。

「有底子就是不一樣。」簡子芸擦著桌子，突然笑了起來，「話說像小蛙都說自己很會打架，但我看他被學姐操得很慘厚？」

「哈哈，打架跟格鬥不太一樣吧！」童胤恒餘音未落，門口走進了又換頭髮顏色的小蛙，「哇，你現在是要演七彩霓虹燈嗎？」

小蛙頭周圍幾乎都剃了平頭，唯左邊刻意留了一撮較長的頭髮，上頭染了紅黃綠藍四種顏色，還有超多髮膠固定。

「新染的，不錯吧！」小蛙沒兩秒就皺眉，因爲透過窗外的陽光，可以看見滿滿的粉塵落下，「這裡也太髒了！」

「少囉嗦，高個子的幫童子軍把天花板清乾淨，等等再來擦桌子。」簡子芸立即發號施令，「有收到訊息嗎？」

「當然有！我昨晚熬夜找資訊……」只見小蛙勾起得意的笑容，一切盡在不言中的模樣。

另一位死忠社員蔡志友這兩堂有課，暫時無法來參與討論，大家約下堂課集合，有課的人就繼續把曾荒廢的教室打掃乾淨。掃掉天花板的蜘蛛網後，桌子便交給汪聿芃與簡子芸，童胤恒跟小蛙去外頭把沖洗乾淨的桌椅搬進來。

雖然都是課桌椅，但卻有無限種組合變化，教室這麼寬，他們可以規劃出很多空間！

前門有黑板那部分他們是鎖上的，只留後門進出，因爲再隔壁並無教室空間，他們覺得這樣較方便管控閒雜人等……雖然也不會有什麼閒雜人等了，希望偏激派的人能暫時冷靜。

踏出後門左前方就是洗手台了，這兒荒僻，自然杳無人煙，東西擱在這兒也不怕偷，洗手台邊便立了一個假人模特兒，假人模特兒上半身圖案非常特殊，有一半是肌膚的六塊肌模樣、另一半卻是像解剖教學的肌肉束圖，自額頭開始一路到腰部，一半正常、一半肌肉束，相當詭異。

「學長好，希望您沒有著涼。」童胤恒禮貌的對著假人說話，「等裡面弄乾淨後，第一個把您放進去。」

看著假人臉頰上被煙燻黑的髒污，童胤恒趕緊再擰了抹布擦乾。

聽說這是「試衣間」都市傳說的某受害學長，進入試衣間試衣服的人會消失，夏天學長把這個學長從試衣間裡帶出來前，聽說就已經被剝掉半邊的人皮，

千鈞一髮逃出服飾店後，活生生的學長卻變成了假人模特兒。

不知道學長是否具有意識，但這是鎮社之寶之一，必須好生對待。

「你是找到什麼，一臉得意？」童胤恒忍不住問了。

「簡子芸不是說以前有人貼文嗎？我眞找到文章，還直接找到了貼文者同系的人！」小蛙提及此，原本得意的神色又突然沉下，「不過啊，那個貼文的人……掛了。」

死了？正在擦假人模特兒的童胤恒忍不住一顫身子，「聽起來很令人不舒服。」

「是意外啦，就之前有個酒駕的開車，直接衝進路邊咖啡廳有沒有？那個人就在裡面，當場死亡。」小蛙卻一臉不相信，「但是他同學都說，搞不好不是意外。」

「你連他同學都聊過天了嗎？」童胤恒覺得這點才厲害。

「嗯啊，不過這個只是同系，聽到的都是轉好幾口的聽說，他有說要幫我找那個男生的……前女友！」小蛙嘿嘿一臉得意貌，「怎麼樣，速度夠快吧？」

「快！快！超厲害！」童胤恒忍不住豎起大拇指稱讚，「眞是很快的男人！」

「喂，不許說男人快！」小蛙啐了聲，「要論快，蔡志友才叫快好嗎！他去找上上一個，也跟我說找到了。」一擊掌，只能甘拜下風。

上上一個？童胤恒聽了有點發涼。

「所以ＳＤ卡轉兩手了嗎？」走出來的汪聿芃接話倒是流利，看來在裡面聽得也不少。

「嗯，目前在各大學論壇上找到的是這樣，第一個發文的ＩＤ就啤酒熊，BEERBEAR，標題是撿到一張奇怪的ＳＤ卡，形容後求救，不過總共只發了兩篇。」小蛙功課也做得很足，「前不久意外身故的ＩＤ是數字串，就數字男，他標題幾乎一樣，也只發了兩篇，不過啤酒熊沒有回他。」

「論壇這麼多怎麼看得見？啤酒熊當然不一定會回他啊！」童胤恒覺得這推測不ＯＫ。

「噢，他首篇文是在啤酒熊那篇文下回文的，照理說啤酒熊應該會有通知吧！」小蛙兩手一攤，「完全沒有回應！我們還查了啤酒熊上次的上站紀錄——」

從小蛙停頓的語氣與嘆息中，童胤恒與汪聿芃彷彿都能聽到答案，看來也很久沒上站了。

「那個啤酒熊撿到ＳＤ卡是多久以前啊？跟數字男呢？」汪聿芃好奇的是週期。

「啤酒熊已經七年了，數字男是去年的事。」小蛙搬起一張桌椅往裡頭去，「不過你們也知道，說這種怪異的事，很多人都會說創作文嘛！」

「哈哈哈！」童胤恒笑得很爽朗，「跟婊我們的人一樣耶！」

「所以他們都不在了啊！」後頭的女孩接口接得太流暢。

這讓前面兩個男孩莫不停下腳步，回頭瞥了她一眼，「喂，外星女，妳說這話聽起來很可怕耶！」

「對啊，一副我們都市傳說社會對人怎樣似的！」童胤恒半警告的說著，「這種話別在外面說。」

汪聿芃不悅的眉心微蹙，又沒說錯。

裡頭的簡子芸根本聽得一清二楚，上前想接過桌椅幫忙被小蛙婉拒，她也責備似地看著汪聿芃，話眞的不能亂說。

「妳這樣子，有心人遲早會把都市傳說社變成另一種都市傳說。」她沒好氣的戳了戳她，「那些人之所以出事，是因爲他們不信都市傳說，妄想去挑戰或是……唉。」

想起消失的學生，她其實心裡是感嘆的。學校裡有科學驗證社，有「都市傳說社」，這就跟信仰不同般，何以不能和平共處？

一定要擊垮某方，未免太偏激。

「對了，兩個問ＳＤ卡的人，一開始都是開到一樣的照片喔！」小蛙就是忍不住想講，等不及大家到齊，「長頭髮的女人，像是對著他們笑，重點在當天晚上他們都覺得家裡多了一個人，頭髮到處都是。」

汪聿芃挑了眉，「她頭髮好多喔。」可以一直掉一直掉。

「一樣的牆……紅褐色的衣服嗎？」簡子芸應該沒記錯，晉翊說過他哥哥見到的是深藍色的牆。

「嗯……不是，人一樣但背景都不同。」小蛙小心翼翼的回應，「背景好像都是撿到的人的家。」

哇喔！這更令人不快！昨晚康旭淳的確在最後發現照片的背景，取自他家餐廳旁的某面牆。

「所以照片眞的會因人而改變。」簡子芸瞥了汪聿芃一眼，外星女果然沒說錯。

「聽起來就很玄！然後兩個人都嚇得不輕，想盡辦法要擺脫那張SD卡，結果通通失敗。」小蛙將課桌椅擺好，望著桌椅沉吟，「聽說連刪都刪不掉……」

「刪除不掉嗎？怎麼可能？」童胤恒對SD卡是不熟，但不就是個存取裝置嘛！

「NONONO，」小蛙搖了搖食指，「啤酒熊試過了，他說檔案完全動不了，像加了密一樣。」

「這麼神奇？」簡子芸也在思考著，「就算加密，應該也可以找人試著破

解……還是有鎖上？」

她問向童胤恒，他也只能聳肩，「我電腦沒那麼強，但我也想到側邊是否上鎖。」

「反正都不行，很多人教都一樣，事情發展很快，啤酒熊最先說他在宿舍開的電腦，結果隔天上通識課時，居然從抽屜裡摸出一把頭髮……」

這可讓在場的人都愣住了，在宿舍打開筆電，屋子裡夜半多一個人就算了，問題上通識課的話是在學校教室，而且大學都是跑堂，沒有專屬教室爲什麼會有頭髮!?

「跟著嗎？」童胤恒越想越不對勁，「這眞的很像靈異事件耶！會不會有誰被殺了，結果凶手錄下行凶過程，所以那個女生附在SD卡上？」

「靈異事件也算是都市傳說的一種吧！」汪聿芃回得理所當然，「青山路的紅衣小女孩、我們的鄰居花子。」

「靠！誰跟她鄰居啦！」小蛙雞皮疙瘩都站起來了，「妳不要自己在那邊敦親睦鄰好嗎！」

簡子芸倒是眉頭深鎖，朝一旁的鐵櫃走去，這是他們留下來的掃具櫃，清空後打算放置物品。

她默默打開，一邊想著該放什麼，心思卻被拉到了這個關鍵問題上。

「這樣跟著挺可怕的，像是掌握了拾撿者的環境。」她突然心生不安，「如果是這樣的話——」

「那她會跟去社長家嗎？」汪聿芃默默的提出了問題。

咦咦咦！童胤恒倒抽一口氣，這個答案好驚悚啊！「跟去社長家也太可怕了！」

「不會吧！所以她昨天晚上在社長家晃嗎？」連小蛙腳底都發涼了，「等一下，有的話社長會說吧？但是……」

他拿出手機查看了今天的群組訊息，現在是十點鐘，除了早上的早安外，康晉翊並沒有提及屋內多一個「室友」的事。

「好像沒有……不過我還是擔心。」童胤恒邊說，一邊傳送訊息。

有時候沒有訊息，說不定是代表正在麻煩中，尤其七點後到現在三個小時，天曉得是否有發生什麼事？

「可能沒在他們那裡吧！」簡子芸幽幽出聲，回過了身子。

大家不約而同的看向她，她站在敞開的鐵櫃前，幾綹長髮就掛在櫃子上方的橫桿上。

那及地的長髮啊，就掛在他們臨時社辦的櫃子裡。

SD卡的照片內容會隨著拾撿者的環境改變。

照片裡的女人會跟著拾撿者。

昨晚，他們一起打開了照片。

在下課前五分鐘，康晉翊默默從後門溜了出去，他腦海中突然閃過一個想法，讓他坐不住的直奔泳池館。

他是沒上過游泳課，但是班上有同學選修，每次上課必假打卡之名以行拍正妹之實，背景的泳池讓他覺得似曾相識啊！

泳池館在體育館的一樓，刷了學生證輕易就能進場，學生早都已經離開泳池去沖洗更衣了，泳池邊只剩下三三兩兩的人，正在擦身體或聊天，由於非上課也非持有泳券，康晉翊先跟管理人員報備，他五分鐘內就會出來，只是找個東西。

學校的泳池，跟昨天照片裡的很像啊！

雖然素淨一片，但就是素淨成那樣才奇怪，一般地板會有圖案，再不然也會看到個牌子寫水深危險，最最最基本，地板應該隔段距離就有排水孔吧！

「咦？都市傳說社的？」居然有人認得他，戴著蛙鏡擦身而過時跟朋友唸著。

唉，這種紅眞不好，雖然他們社團也沒做什麼惡事，但是紅的原因都跟刑案有關，再加上之前太多人指責他們怪力亂神引起恐慌，「都市傳說社」背上的標籤總不是純白的。

泳池呈長方型，康晉翊走近池邊，裡面還有兩個人在游泳，他蹲下身觀察……像，眞是太像了！

就是純灰色的啊，水是天藍色的沒錯，地板排水孔分別在兩側，所以正中央的地面是瞧不見排水孔的！

「所以是學校的嗎？」康晉翊有些緊張，「爲什麼會拍我們學校的泳池？」

那不是哥哥撿到的嗎？

難道說，因爲他們一起點開了第三天的資料夾？

昨晚哥哥根本睡死，看得出壓力與疲憊對他來說多沉重，一夜過去大家都相安無事，老實說他反而睡不安穩，總是隱約的聽見套房裡有什麼聲響，也很敏感的怕有什麼頭髮落下。

不過晨起家裡完全沒有異狀，哥哥雖恢復精神，但還是很沉重的去上班，原本他希望留下筆電，卻被哥哥拒絕了。

『這麼危險的東西，牽扯我一個人就好！』

話是這樣說啦，但是……康晉翊看著眼前長長的泳池，哥哥不知道照片拍的是他們學校的泳池啊！這已經不是他一個人的事了！

趕忙拿出手機，他想拍下照片傳到社團群組，他手機沒防水，無法如照片顯

示的放到水底去拍，但至少能拍個大概吧。

但在泳池旁拍照眞的很尷尬，旁邊有比基尼妹，現在裡面也有人在游，怎麼拍都很像變態好嗎……唰，好不容易聽見水聲，最後一個人離開了水道，妹子也跟朋友聊著往更衣室去了。

連拍兩張，角度越低越接近水面越好，找個跟資料夾裡相片一樣的角度——叮。

LINE傳來，中斷了拍照，康晉翊趕緊查看是誰傳來的，只瞥到似乎是童子軍，轉正時指尖一滑——不，是有人從後面撥掉了手機！

什麼!?他直覺的伸手要去抓住手機，前面可是泳池，他這支好歹是蘋果——撲通。

冰冷的水灌進他的眼鼻口，康晉翊根本不知道自己是怎麼摔下來的，他痛苦的掙扎，睜開的眼只感到刺痛，這水是放了什麼怎麼這麼痛啊！

眼前一片藍，遠處的牆與地板都是灰白色的，手機從自己面前往下沉，康晉翊在這瞬間突然意識到——此情此景，他眼前所見與照片好像啊！

照片亦爲他的視角，但是現在那冒出的氣泡超多，是他在掙扎時吐出的！

『那個黑點是什麼？』

汪聿芃的聲音，偏偏這時響了起來。

那、個、黑、點，就在他正前方，不是什麼懸浮粒子，而是一個疾速朝著他衝來的人，那黑點是他的頭髮！

上去！康晉翊蹬腳游上，他雖會游泳，但掉下來時來不及吸氣，現在肺裡都是水，根本不可能跟任何東西拼啊！

才浮出水面吐掉水，吸口氣都來不及，一股力量瞬間又把他扯了下去！

哇啊！「噗！」

連叫聲都淹沒在水波裡，康晉翊驚恐的被扯下去，水底還有另一個人，另一個……全身顏色非常奇怪的人！他身上是如水般的藍色，還有不會波動的水波光，一頭黑色短髮的男孩，除了臉上也有奇怪的色澤與波紋外，都跟正常人一樣……

不對啊，誰身上會是藍色還外加有光紋的啦！

放開！……康晉翊使勁踢著男孩，那男孩看起來像國中生，卻圈得他死緊，鼻嘴間沒有任何氣泡，彷彿他根本不必呼吸。

康晉翊如何掙扎都無法踢開對方，男孩甚至拖著他的腳，逕自平行趴到了泳池底的地上，完全抵抗了水的浮力。

『留下來吧。』他好像看見，男孩嘴形這麼說著。

載浮載沉，康晉翊失去氣力的在泳池裡漂浮，模糊的視線看著前方……啊

啊，現在這時刻，才是照片裡的模樣。

角度完全吻合，那一兩顆氣泡是他肺裡最後一口空……氣……照片之景，是他臨死前所見嗎？

「抓到了——」一股拉力瞬間由後扣住腋下，接著水聲嘩啦。康晉翊被拖離了泳池裡。

「喂！搞什麼啊？」

「怎麼有人掉下去？」

「就他！他說只待五分鐘的！」

「不是才一百八十公分嗎？」

「問題是這邊是一百五十公分的地方耶！」

「同學！同學——先人工呼吸，同學！」

噗——康晉翊向旁吐出一大口水，痛苦的緊握飽拳，癱回地上！

在他眼前的，是陌生的男生，頭上還戴著蛙鏡。

「醒了，沒事了！有沒有浴巾？」他朝旁邊大喊著，「欸，都市傳說社的！你看得見我嗎？」

康晉翊點點頭，有點虛弱，「我的……手機……」

手機？靠近泳池的女孩往池底看，接著撲通一聲水花聲，沒幾秒後拎出一支濕漉漉的手機。

「先不要動它吧，乾了之後還可以用。」

「對，現在開關機是最傷的了。」

同學們你一言我一語，救人的同學爲他覆上毛巾，有人倒來了熱水。

「我就說是都市傳說社的吧！」

「怎麼跑到這裡來？自殺嗎？」

被扶坐起來喝水的康晉翊即刻反駁，「不是。」

「呵，我就聽到有人說都市傳說社的人跑來這裡，我才跑出來看！」救人的男孩笑得爽朗，「怎樣？難不成你跑來找都市傳說喔？」

康晉翊一凜，臉色不變的瞪著杯子。

這瞬間，氣氛爲之凍結，圍觀的同學們你看看我、我看看你，這個社長的反應是怎樣？

他眞的是……下一秒，所有師生莫不看向了泳池。

「眞的是來……找都市傳說的？」爽朗男孩嚥了口口水，「這裡？」

天哪！現場齊聲倒抽一口氣，連教練都臉色慘白，下堂課鐘聲響起，入館的學生越來越多……教練緊握拳，當機立斷的站起。

「先不要換衣服，」朗聲吆喝音在泳池館裡迴盪，「今天游泳課暫停！」

第四章
被丟棄的ＳＤ卡

「我覺得是這個。」

汪聿芃指向了筆電上頭的攝影機，眼珠子都要貼上去了。

「妳貼那麼近也不能從裡面看出個什麼吧！」童胤恒連忙扳回她肩頭。

「鏡頭嗎……」筆電的主人簡子芸在一旁默默望著，若有所思。

康晉翊落水的事已經傳開，所幸休息過後並無大礙，他也沒就醫，就是在泳池館沖了個熱水澡，等簡子芸去他家拿乾淨衣服後換上就好；下午課請了假，網路時代消息傳得很快，老師們也多少耳聞泳池落水事件，全准他假。

不過，他請假不是回家休息的，自然是窩回「都市傳說社」。

「喂——」門口爆吼一聲，高大如熊般的男人衝進來，「社長活著嗎？」

呃……就坐在椅子上的康晉翊抽著嘴角，「活著，我謝謝你！」

蔡志友卡在門口，雙手還呈大字型抵著門外緣咧，「我聽說你差點溺死在一百五十公分的泳池裡耶！」

「噗……」小蛙忍不住笑，蔡志友這每個字都在挖苦康晉翊啊！

「下面有個人抱著你的腳，九十公分也照溺好嗎！」康晉翊捧著薑茶，童胤恒特地跑遍學校一圈才買到的，他的個性始終如其外號：童子軍。

康晉翊已經跟大家說了事發當時的情況，與那張照片百分之百角度一樣的，是他即將失去意識前的畫面。

「所以你的眼睛是攝影機嗎？」簡子芸只覺得這樣的結論太離奇，「卻能呈現成一張照片？」

「看來應該是了，我跟妳保證連水泡大小都一樣。」康晉翊記得一清二楚，朝汪聿芃看過去，「還有，外星女說的話，大家都要格外愼重。」

我？汪聿芃眨了眨狐疑的眼，比比自己，蔡志友跟著困惑。

「那個黑點。」童胤恒嘆了口氣，「我們覺得是什麼雜質，結果卻是一個人頭。」

「可是距離上很誇張，照片裡只是一小點，那不像是在泳池另一端的大小。」童胤恒記得那個點，大家還以爲是懸浮粒子。

「呵。」康晉翊無奈冷笑，「或許他眞的是從很遠很遠的地方來的？至少我接近泳池時，池裡根本沒有人啊！」

天曉得那個少年是從哪邊來的？

「所以昨天你們四個都有看到那張照片？」蔡志友倒是有些好奇，「那康晉翊你跑去泳池館做什麼？」

「就是因爲想到跟我們學校的泳池很像，我才跑去想拍照，哼哼，結果還眞的需要我去啊。」康晉翊搖了搖頭，「我就是該在那裡，照片呈現的就是我所見。」

「死前所見。」簡子芸聲調有點緊繃，「要不是剛好有人發現，你說不定就死了！」

「還好，我有跟管理員說我五分鐘就出來，畢竟我沒給泳券啊！」康晉翊向左方一公尺處的簡子芸溫柔微笑，「我沒事的。」

哎唷，哎喲喂呀，卡在中間的童胤恒渾身不自在，這什麼眼神什麼笑容？他跟汪聿芃站在他們中間好像不太對啊！邊想著邊推著汪聿芃往門口去，待太久有礙眼睛視力健康。

「是說，衣服是副社去拿的喔！」小蛙倒是乾脆的哪壺不開提哪壺，「妳怎麼有社長家鑰匙啊？」

登愣！簡子芸即刻低頭查看筆電，康晉翊輕咳兩聲捧起薑茶，兩個人都面紅耳赤而不自知，答案根本不言可喻。

小蛙白目的笑了起來，越笑只是越讓當事者尷尬，童胤恒沒好氣的上前推他一下，他們就在曖昧期間幹嘛一直鬧啦！

「那個……嗯……」康晉翊趕緊開口，「今天的事別跟我哥說！」

「咦？」一秒轉移話題成功，簡子芸不可思議，「這是大事！當然要讓他知道！」

「他已經夠緊張了，我哥沒遇過這種事，他心理無法承受，昨天是女友，今

天是弟弟……當然我是沒事啦！」康晉翊凝重的搖頭，「但我怕他會沒辦法處理這種事，做出不好的決定就糟了。」

「不好的……決定？」蔡志友瞇起眼，「你是怕他做傻事？」

康晉翊抬頭責備般的瞪他一眼，「你的傻事跟我的傻事定義一樣嗎？我是怕他毀了那張ＳＤ卡！」

啊！童胤恒恍然大悟，「對啊！那張是源頭，萬一他毀了不知道會發生什麼事！」

「還沒人敢摧毀！」蔡志友冷不防一擊掌，卻嚇了簡子芸一跳，「啤酒熊有想過要燒掉ＳＤ卡，但怕出事，最後沒燒！」

啊啊，對！蔡志友是追蹤首位發文者的啤酒熊！

「他最後進展到第幾天？」康晉翊再問。

「他撐到第三天，但文章就兩篇，後面的章法很亂，我還在託人尋找他。」蔡志友搔了搔頭，「很弔詭的狀況，前後有兩個人都撿到刪不掉的記憶卡，照片呈現著預知未來的畫面。」

童胤恒噴了一聲，「而且隨著看照片的人而改變，昨天就把我們捲進來了，天曉得明天會是什麼？」

他瞥向畚箕裡的一團長髮，看了就令人起雞皮疙瘩。

「早知道昨天應該先把後幾天的資料夾看完的。」簡子芸擰起眉，懊悔不已。

嗯……汪聿芃深呼吸一口氣，自己對自己說了聲「YES」，然後抬起頭來，「我看了。」

什麼!?所有人紛紛往端坐在椅子上的女孩看去。

「筆電是我在操作啊，我點開來又沒人知道，你們忙著說話。」她無所謂的聳肩，「是一張空白照片，四個角都陰暗，有點LOMO濾鏡風，其他什麼都沒有。」

「什麼都沒有?妳看清楚了嗎?」這根本有等於沒有啊!

「我還放大看了，眞的什麼都沒有，就像……黑夜裡的白牆。」汪聿芃肯定的說著。

「這……這種根本哪裡都有可能吧!」童胤恒輕擊額頭，「別說這排教室外面了，任何地方……只要有白牆的地方都算啊。」

「會不會因爲時間還沒到?」汪聿芃昂起頭，拉了拉童胤恒的褲角，「說不定現在請康哥看就不一樣了。」

康晉翊圓了雙眼，這天線又接到哪邊去了?

「喂，外星女，妳在說什麼?」小蛙嘖嘖出聲，「妳要說昨天看的跟今天看的不一樣?」

「對啊，就像我不信如果康哥前天點開今天的照片，會是泳池裡的景象。」汪聿芃話說得不慍不火，態度卻是斬釘截鐵，「這是我們學校的泳池耶，所以是因爲我們打開資料夾才變的！」

「……汪聿芃說得有道理。」簡子芸連忙走到康晉翊身邊，「你請你哥開一下明天日期的資料夾！」

康晉翊難受的深呼吸，「我哥不會開的，他怕得要死！」

「你跟他說，你剛剛差點在泳池溺死！」蔡志友直接指向他，「說我們必須知道明天會發生什麼事！」

「這適得其反啊！」康晉翊太瞭解自己哥哥了，「我說眞的，光是他知道我今天溺水，就一定……」

「他已經知道了。」

「我是說……」康晉翊一怔，看著斜對面的汪聿芃，「妳剛說什麼？」

「我跟他說了，說你找到那張照片的地點在哪裡了！」汪聿芃還帶著微笑，「順便說是從你眼裡看出去的景象，快溺死的……」

唰啦！康晉翊激動的起身，椅子還因此向後推，「妳怎麼可以跟他說？我不是說不能講嗎？不對！妳爲什麼有我哥的聯絡方式？」

汪聿芃倒是困惑蹙眉，「你剛剛才說不能講的，可是你一出事我就說了啊！」她邊說邊滑動手機調出畫面，翻轉手機向他，「喏，我用臉書啊，你不是有標註家人！」

家庭成員，哥哥，康旭淳。

啊啊啊啊——康晉翊抱頭仰天，這眞的是無語問蒼天啊啊啊！

雖然康晉翊看起來既懊惱又生氣，但是每個人卻憋著笑，事實上這畫面很有喜感啊！瞧汪聿芃端坐在那兒一臉理所當然，社長卻在那邊仰天長嘯！

「妳跟他說社長沒事了嗎？」童胤恒這句話尾音還是笑著的咧。

「說了！他放心不少！」汪聿芃唉了一聲，「所以我順便說反正我們都捲進去了，請他跟我們合作吧！」

哇！蔡志友可愣住了，「直接說我們捲進去喔，嘖！」

「汪聿芃！」康晉翊已經無力了，「妳這樣是在製造我哥的恐慌啊！」

「該面對的還是得面對吧！我超級想知道明天的新照片是什麼！」汪聿芃小拳緊握，認眞不已，「能不能拜託你快點問他？」

簡子芸連忙伸出手，示意她慢點，童胤恒大手壓上她肩頭，至少還有十幾小時，眞的不要急。

「手機借我，我先安撫我哥。」當務之急是讓哥哥的情緒穩定，康晉翊指向汪聿芃，卻也不知道能說什麼的走出了社辦。

望著他走出去後，在場五個人迅速聚在一起。

「說實話，啤酒熊怎麼了？」簡子芸帶著質問，問向蔡志友。

「凶多吉少，他帳號在那次發文後就沒再出現了，後續也沒有行蹤，所以數字男發問時也沒回。」蔡志友實話實說，「時間有點久，但我有找到當初知道事情的同學，正在輾轉問人。」

「數字男的意外是新聞，所以找得到，那場車禍死了四個人，他被壓在車輪底下，因爲時間近所以好找。」小蛙接口，「出事前，有人說數字男發瘋似的在咖啡廳罵人！」

「預知的景象嗎？」童胤恒沉吟著，「但是會變化這點太機車了，這是預知嗎？或是說根本是……」

操弄未來。

「你覺得ＳＤ卡上的照片是在操弄我們對嗎？」簡子芸也想到了這點，「如果沒有照片，晉翊就不會去泳池、也就不會發生意外……」

「但這有邏輯上的問題。」蔡志友即刻反駁，「社長去泳池這件事是無法掌控的，萬一他沒想到跟泳池館的連結呢？那那張照片就什麼都不是了！」

「呃……」小蛙搔了搔七彩頭，「那如果康晉翊去泳池館，根本不是偶然呢？」

所有人錯愕的看向小蛙，他在說……催眠嗎？

「你意思是說，康晉翊被不知名的力量影響，所以才想起那張照片裡的泳池是學校的？」簡子芸沉重的說著，「這種說法，就變成我們每一個人都被……那張SD卡影響了。」

「我只是這樣猜啦。」小蛙也笑不太出來，「不然先出牌的人要怎麼穩贏？」

汪聿芃默默轉向簡子芸的筆電，若有所思。

教室門口走進康晉翊，但是有別於剛剛出去時的模樣，他現在卻垮著一張臉，拖著步伐步入。

「什麼臉？怎樣了？」童胤恒心頭一緊，「你可別告訴我你哥也出事了！」

只見康晉翊搖頭、再搖頭，重重嘆口氣，「更糟。」

「什麼啦!?」蔡志友緊張的大喊。

「我哥把整台筆電丟掉了。」

這是最糟的處理方式！出自一個已經成年的二十七歲大人之手，遇到令他恐懼不解的事情，在明知道SD卡裡的照片極可能呈現隔天危機的前提下，他選擇丟、掉！

「這種事情不是你丟掉就沒事的好嗎！」小蛙完全不可置信，「先生！現在不管這張ＳＤ卡是都市傳說還是靈異事件，它是跟定你了好嗎！你這樣丟掉、丟丟——吼！」

他氣急敗壞的踹了課桌椅，桌椅咿的往後移動，發出無辜的叫聲。

康旭淳下班後來到學校找康晉翊，他們自然把他接到臨時社辦，這是唯一可供大家聚集的空間，也無時間限制。

簡子芸用課桌椅拼成一個如過去的茶几與沙發區，六張桌子拼成大桌子茶几，其他椅子圍著長桌，大家可任意坐；往裡頭放了兩張桌子併在一起當辦公桌，放置著她與康晉翊的筆電，這只是臨時陳設，但她希望至少像個社團辦公室。

康旭淳就坐在茶几旁，雙手搓著一頭亂髮，痛苦不堪。

「我不想要那個東西了，我本不該撿到，現在還回去不成嗎！」他也不爽的低吼，「你們怎麼能理解我的壓力！」

「怎麼不能！你又沒被追殺過、活埋過、差點被燒死過。」坐在他正對面的汪聿芃義正詞嚴，「比生死瞬間比不完的啦，但是逃避太糟糕了！」

「誰說不是！」康旭淳一抬頭就是暴怒，「我丟掉不就什麼事情都沒了！」

坐在右手邊的童胤恒用腳踢了汪聿芃一下，大家需要的是溝通，不是火上添油啊！

「哥，如果丟掉能解決當然是最好，但是——」康晉翊語重心長的望著自己瀕臨崩潰的哥哥，「汪聿芃看見了明天的照片，我們現在應該要知道會發生什麼事，才能去避免！」

「從社長的狀況來看，我們都被捲進去了！所以我們很需要知道……接下來會發生什麼事。」童胤恒理性的解釋，「如果，您剛好不小心有看到明天的照片的話……」

「是影片。」康旭淳漫不經心的回應著，「我看到裡面只有一個檔案，但那是影片檔，不是照片……」

康晉翊即刻看向汪聿芃，她圓了雙眼，「照片！我親自點開的，我昨天看得一清二楚，那是照片，我連樣子都記得！」

「說什麼啊！我看了，是影片檔，ＭＰ４！」康旭淳分貝也大了起來，帶著不耐煩的怒火。

「好好，不管是什麼檔——您看了嗎？」簡子芸連忙打斷他們兩個的爭執，這不是事情的重點好嗎！

只見康旭淳深吸了一口氣，緗著臉搖頭，「我怎麼可能會去看！我只想讓那個東西永遠離開我！」

康晉翊憂心的搭上哥哥的肩，「所以你就把筆電丟掉了？」

康旭淳沉痛的點點頭，「我丟得不對嗎？那時我還不知道你差點溺水，如果我知道，我——」

「你想毀掉ＳＤ卡嗎？折斷它？」汪聿芃搖著食指，「母湯喔！」

康旭淳艱難的看向她，喉頭緊窒，「我……當然不會這麼傻，那張ＳＤ卡這麼有問題，我怕要是毀了它，不知道會發生什麼事。」

「你丟在哪裡？」童胤恒比較急的是這件事，「我們可以去撿回來，蔡志友說隨時跟他說，他趕過去。」

「撿回來？你在開我玩笑嗎？我好不容易丟掉的東西還要撿回來？」康旭淳焦急的緊握住弟弟的手，「康晉翊！你們到底在想什麼？」

唉，康晉翊極度無奈，重重嘆了一口氣。

「哥！你到現在還沒搞清楚重點嗎？是我們要問你才對——你到底在想什麼啊？」康晉翊不禁扶額，「總之你快告訴我，筆電丟在哪裡，我們有人在外面可以……」

話說到一半，康晉翊突然梗住，一臉錯愕的看向小蛙，或者說越過他往後方的教室門口看。

門口出現了陌生人影，令人驚訝的是穿著警察制服，所有學生都驚愕的站起，七點半？警察——

「天哪！蔡志友嗎？」簡子芸第一時間想到了很糟糕的事！

「幹！不要亂猜啦！」小蛙即刻暴跳的反駁，「今天的事情不是已經告一段落了嗎？」

童胤恒趕忙上前，「您好，請問有什麼事嗎？」

「社團居然搬到這麼遠的地方啊！」夜晚的舊教室區無人上課，廊上亦不點燈，黑暗中傳來熟悉的嗓音，讓康晉翊吃驚得站了起來。

「章警官！」汪聿芃倒是輕快的上前，「聽到你的聲音每次都沒什麼好事耶！」

欸……童胤恒不知道該怎麼糾正她，但她說得也沒有錯啦！因爲誰沒事會叫警察不是嗎？

長者終於現身在教室門口，稍微探望一下室內。

「章警官！裡面請坐！」簡子芸連忙招呼，「這是臨時社辦，我們都還沒整理好。」

「沒關係，我又不是來作客的。」章警官微微一笑，一一梭巡著室內的學生，噢……「這位是？老師？」

「我哥。」康晉翊實話實說。

「嗯嗯，臉色不是很好啊，又遇上什麼了嗎？」他餘音未落，立刻揚手，「不，什麼都別跟我說，你們說了我也管不了。」

汪聿芃張口欲言，話又吞了回去，「說得也是，您也幫不上什麼忙。」

章警官看向汪聿芃，這個女孩眞是從高中開始都沒有變啊！總是窩在自己腦內的小宇宙，只說自己想說的話。

「我們有人出事嗎？」小蛙忍不住問了，「就……」

「啊，沒，沒什麼大事。」章警官往後伸手，「來，給我。」

後頭的警察遞上了東西，章警官接過後直接轉了正身，康旭淳第一時間大叫一聲，哇啦的踩跳上椅子！

「不！」他驚恐大吼，「爲什麼爲什麼!?」

爲什麼？章警官手裡拿著一台筆電，望著在椅子上方的康旭淳。

康晉翊看著哥哥的反常，立即明瞭……那台正是哥哥丟掉的筆電。

「是……您的筆電嗎？」簡子芸倒是不那麼肯定，「都是黑色的，康哥，你要不要確認一下？」

「不必確認了，裡頭有寫呢！」章警官乾脆的打開筆電，康旭淳嚇得臉色慘白，遮著臉跳過椅背蹲下身，背對了章警官。

章警官觀察打量著，康晉翊眉頭深鎖很難解釋，簡子芸只能尷尬陪笑，童胤恒跟汪聿芃倒是很積極的跑到旁邊，等著螢幕亮起。

啪，黑屏螢幕上就只有一個提醒視窗：**「請將我歸還給A大，T718教室」**。

靠！T718，還眞就是他們這間臨時社辦。

窩在電腦前的兩個人同時回首看向康晉翊他們，大家臉色都刷白了，完全不知道該說什麼。

「靠夭！這還不是你想丟就能丟的耶！」小蛙咬著項鍊，「我看這事情難了了！」

「是誰叫他們去集都市傳說的？」章警官利眼鎖著汪聿芃，「火是誰放的啊，汪聿芃？」

「上次火又不是我們放的！」汪聿芃可無辜了，「是其他人……」

「別再放火了。」章警官警告著。

只見汪聿芃眨了眨眼，有點勉爲其難的歪了歪嘴，「好吧。」

「還好吧咧妳！」童胤恒都忍不住巴了她的頭，「就妳放的！」

「哎唷，不能全怪外星女吧！那群人一開始就是爲了毀掉都市傳說社，一直覺得都市傳說不存在，只不過利用了汪聿芃的宣告故意挑戰，他們也沒想過會挑戰成功啊！」小蛙這可要幫汪聿芃說話了，「是她搭了台子，但章警官，無論如何那種人都會想辦法惡整我們的啦！」

「理由藉口可以想出無限種，但是那種漫天大火的事不能再一次了！」章警官在意的是這點，走到一旁的木窗櫺，「這整排舊教室都是木造的，萬一——」

「我們會避免的，發生那種事我們也不願意啊。」童胤恒趕忙解釋，「但是章警官您懂的，永遠無法預料都市傳說會怎麼來……」

章警官是學校轄區的老警官了，在這兒服務很久，曾是都市傳說社元老小靜學姐的熟識，當年小靜學姐扮裝入大學唸書時，她父親是反對的，認爲學姐專心打格鬥競技就好，因此拜託好友幫忙多照應。

結果誰知道該是平靜的大學生活，卻因爲小靜學姐陰錯陽差外加不得已的加入「都市傳說社」，爾後就幾乎常常需要章警官的「照應」了。

但也因此，這位警官對於都市傳說有著更大的包容力。

「這次是筆電嗎？」章警官反覆看著這台電腦，「有人撿到筆電，送交警局，一打開連輸入都無法，直接就跳出這個視窗，沒兩小時就轉到我手上了！說也奇怪，明明寫著是教室名，但我一看到這種狀況——我就覺得跟你們有關。」

汪聿芃毫不猶豫的立即指向蹲在課椅後面的康旭淳，「是他啦！ＳＤ卡是他撿到的，我們現在只是幫忙。」

「但我們也被捲進去了啊。」童胤恒趕緊壓下她的手，是有必要一直給康哥壓力嗎？

「自願捲入。」康晉翊再趕緊補強，「我哥撿到奇怪的記憶卡，然後……」

「不必然後了，筆電還給你，資料填一下。」章警官讓其他警官走進，認領資料要確實填寫。

康晉翊趕緊回身拍著哥哥，無論如何東西是他的，也被撿回來了，該簽收還是得簽收。

「不要！不能就這樣把它丟掉嗎？拿去給資源回收？」

「照這樣看，它還是會回來的。」簡子芸坐上椅子，扭身向後輕聲說著，「我不知道您丟在哪裡，但是它現在已經在這裡了，所以我想不管怎麼做，它都會想方設法的回到這裡。」

「哥，都市傳說是躲不掉的。」康晉翊也勸慰著，「你聽過裂嘴女的傳說吧？一樣的概念，它要是出來，誰躲得了？」

裂嘴女，章警官聽了就心痛，想起那個被玩具剪刀活生生切開喉嚨的小女孩。

「請先簽收吧，不要給警方造成麻煩。」童胤恒也上前勸說，可小蛙不耐，直接到課椅後方，拽了康旭淳起身。

壓著他回到椅子坐下，警方例行的問了一些問題，確定筆電是他掉的，原來康旭淳還丟到了個隔壁城鎮的垃圾桶，結果它還是有辦法回到他手上。

「會出事嗎？」臨走前，章警官憂心的問了。

送他出門的康晉翊不知該如何回答，但閃爍的雙眼已經告訴他答案。

「你們是爲什麼這麼容易遇上都市傳說？不是消停幾年了嗎？」章警官最後只能嘆氣，「大家各自小心吧。」

「謝謝章警官。」除了這樣道謝外，大家也不知道該怎麼辦了。

康旭淳跌坐在椅子上，望著眼前那台打開的筆電，他眞的一秒都不想再看見這種東西，爲什麼明明丟棄的物品，竟然會這麼快就回到他手邊了？

啪！他驚恐蓋上筆電，「拿走！」

「好！」這聲音輕快非常，汪聿芃拖著椅子坐回他對面，流暢俐落的接過筆電，「我發誓我看到的是照片，現在就來看看到底是什麼！」

所有人立刻離開康旭淳身邊，紛紛到了桌子對面，圍在汪聿芃身邊瞧。

「小蛙，你出去。」突然間，康晉翊推著小蛙往外。

「咦？」小蛙才莫名其妙，「幹什麼幹什麼？排擠得也太明顯了吧？」

簡子芸本有幾分疑惑，但突然也明白了，「小蛙，你出去吧，去幫我們買晚餐。」

「幹！」小蛙不爽的啐了聲，「做人不要太過分捏！」

「沒必要捲進來這麼多人啊，我們也需要局外人！」童胤恒直接拉著他往外走，「我們幾個是確定被捲入了，難得蔡志友去找啤酒熊的資訊，你也就不要在現場了！」

「我……」小蛙瞬間明白了，「不是，這也太沒義氣了吧！我是怕死，但沒道理明明有事我還置身事外啊！」

「唉唷，你快走就是講義氣的表現了啦！」汪聿芃好著急的想看電腦，「這樣萬一我們有危險時，總是要有人來救我們啊！」

登愣，這眞是說到點了！

小蛙果然不再掙扎，仔細想想也有道理，如果他跟蔡志友不會被捲入，這樣其他人要是遭逢ＳＤ卡「預告」的危機時，他們就可以出手相幫了啊！

「好，我去買雞排！」他雙眼燃起熊熊鬥志，外套一抓就離開了教室。

簡子芸輕哂，忍不住讚嘆，「眞有妳的啊，汪聿芃。」

「我認眞的啊，尤其如果關鍵在——」她唰地打開筆電，指向鏡頭，「這個的話！」

她一直覺得是因爲鏡頭的關係，否則哪這麼厲害可以捕捉到哪些人參與。

桌子另一邊獨留康旭淳一人，他無法置信的看著對面的學生們，居然每個都如此積極渴望查看ＳＤ卡的資料及檔案！

「你們是瘋了嗎？」他忍不住低吼，「康晉翊！」

「哥，這叫自保。」康晉翊沉穩的拍拍汪聿芃，「打開吧。」

第五章
牆上的影子

這就是既期待又怕受傷害吧！汪聿芃還是做了深呼吸，打開筆電蓋子，螢幕奇妙的立刻回到正常的筆電桌面，看來是「物歸原主」後的反應；點開資料夾、一樣七個子檔案夾，第四天。

噠噠兩聲點開，裡面只有一個MP4檔案。

「昨天不是這個！」汪聿芃有些心慌，嘗試調出隱藏檔案，但很遺憾，這個資料夾只有唯一一個影片檔，沒有她昨日所見的照片。

握了握滲汗的右手，她眞不喜歡這種感覺。

滑鼠點選影片檔，身邊沒有人吭氣，她按下了ENTER！

影片即刻跳出成全螢幕視窗，令人驚訝的是，一開始畫面就如同汪聿芃所言，是一片四邊有暗角的白牆，畫面裡什麼都沒有！

單純照片變成影片嗎？汪聿芃查看影片長度，有三十秒鐘耶，總不可……才在思考，畫面左邊出現了人影！

只有影子，有人走過來，影子映在牆上。

緊接著後面突然衝來另一道影子，前者猛然回身，後者冷不防緊握手裡的刀子，直接捅刺進去！

「噫！」簡子芸掩嘴，看著後者瘋狂的捅著一刀又一刀，前者彎著腰，看似痛苦的蜷著身子……

後者終於停止行動，拔出刀子時，血珠噴濺在白牆上，轉身離開，而被害人依然彎著腰，往前踉蹌兩步，終至倒地。

三十秒鐘，畫面結束，汪聿芃立即重新播放，再一次看著有人走來，背後持刀者突襲，被害者正面被狂捅直至倒地。

「七刀。」汪聿芃仔細的盯著螢幕算，「捅了七刀。」

啪！康晉翊蓋上筆電，「直接晉級成凶殺案嗎？」

「昨天汪聿芃看到的只有空白的牆，今天卻變成影片還有了動作與兩個人……」簡子芸雙手抱胸，「這張ＳＤ卡真的很邪門。」

「看起來是夜晚，明天大家各自留意，不要落單……小心白牆跟身後。」童胤恒覺得這比較重要，「康哥，請你也要小心，不然就乾脆不要出門。」

「不要出門沒有用吧！」汪聿芃再度打開筆電，「那個生病的女人，還不是直接就在他家了！」

童胤恒怔兩秒，「她沒有生病。」

「汪聿芃說得也對，我哥沒有出門，就開一張照片那個女的就在了。」康晉翊也開始覺得緊張，「白牆，到底哪裡不是白牆？等等這樣走出去都是啊！」

「那就走石板大道啊，兩旁都是灌木叢，沒有牆。」簡子芸早就想好了，「晚上還是避免出門，而且不要靠牆走。」

「這不一定，那角度不代表靠著牆走，影子跟燈光與距離都有關係。」童胤恒沉吟著，「我倒覺得這是驗收的時候了。」

「驗收？」康晉翊才莫名其妙。

「最近跟學長姐學了多少，總不會是白學的吧？」防身術格鬥技，大家付了學費也沒少練習啊！「我們學這些，不就爲了這種情況嗎？」

康旭淳吃驚的看向弟弟，「你的生活這麼危險嗎？」

「呃，也不是危險啦！這種事……哎唷，我很難跟你解釋。」事實上他一點都不想解釋，要是讓爸媽知道那還得了！

「哇！」筆電前的女孩突然大叫一聲，讓所有人嚇了一跳。

「喂！現在這種時候大家都如驚弓之鳥，妳不要嚇人！」童胤恒彎身，一同看著……「天哪……」

所有人再度回到汪聿芃身後，看向筆電裡的畫面。

「我點開了今天的資料夾……」汪聿芃緩緩的說著，都要可以聽見自己的心跳了，「結果……」

照片變了。

連康旭淳也都不穩的繞過桌子，緩緩的走過來，彎身的學生們全部緊繃到不發一語，尤其康晉翊冷汗都滑向頰畔，看著螢幕裡那本該天藍無一物的泳池裡，現在多了一個人。

在泳池另一端，站著一個陌生的男孩，他看起來跟一般人並無二致，穿著深藍泳褲，就站在那兒。

身上自然有的水波，還有上頭燈光照下來的光線。

他雙眼直視鏡頭，面無表情。

「他是在看我。」康晉翊緩緩蹲下身子，不想逃避的與之直視，「他身上的水波紋……」

「昨天沒有這個人啊！」簡子芸聲音微顫，「我記得很清楚。」

童胤恒轉向康晉翊，「拖著你的人，就是他嗎？」

「對，就是他。」康晉翊眼睛連眨都沒眨，「他是藍色的，身上有奇怪光線跟波紋，跟這張照片一模一樣。」

「那是因爲燈光照入水裡的啊。」汪聿芃直接想用手去指，立即被童胤恒握住擋掉，「喂，這只是照片！而且他現在這麼小我不怕。」

「我怕。」童胤恒認眞的拉住她的手，「別忘了生病的女人。」

她不是活生生的出現了！

「他抱住我的腳時已經出現了吧！身上就是這些紋路，像是烙在他身上的，完全不會動……彷彿天生就……」康晉翊不會忘記那個男孩的臉，可以算得上斑

駁的肌膚，因為有光、有皮膚色、有藍色的水紋、塊狀的……

如同現在照片裡這樣。

他瞬間理解到什麼似的倒抽一口氣，撐著汪聿芃的椅背站了起身。

「晉翊？」簡子芸不安的回頭，他臉色好難看，「別嚇我！」

「他是照片裡的人，跟生病的女人一樣，所以這個模樣就是他。」康晉翊頓了一頓，「所以，昨天還是那個黑點時，他就已經會從照片裡出來了！」

女人出現在康旭淳的公寓，而這個男孩出現在泳池裡！

照片裡的他們是什麼模樣，他們就以什麼模樣出現！

汪聿芃有些聽不明白，她也沒在聽，突然關掉照片的回到母資料夾，二話不說便點開了後天的資料夾。

又是一張照片，這次很酷，是一張全白的照片，什麼都沒有。

冷冷抽了嘴角，她大膽一個開一個，直到開完第七個，都是一樣的狀態，每個資料夾裡都只有一張空白的照片。

「看來只有前一天才可以看隔天的啊。」汪聿芃望著卡槽上的半截SD卡，「好靈活的SD卡喔！」

「可是我撿到的那天立刻就出現那個女人了，還有我女友……」康旭淳頭疼的搖著頭，「那都是當天的事！」

「當天是個開始吧！你點開就像個註記一樣，類似遊戲開始的意思。」汪聿芃認真的思考，「至於隔天你女朋友的事，說不定前一天照片就出來了啊！是你自己沒有看吧！」

咦？康旭淳一怔，是啊！那晚他一看見長髮女人的照片就立刻蓋上筆電了，怎麼可能還有心情去點開隔天的資料夾！

「所以照理說，哥點開的那晚，說不定就能看見隔天會發生什麼事，但是你沒開。」康晉翊搔了搔頭，「隔天你讓嫻妤姐開，按照ＳＤ卡的靈活度，它立刻就把目標改成了嫻妤姐。」

「這理論是可行的，看見的照片都能變影片，沒有人的泳池下都能多出一個水男孩，根本無法捉摸。」簡子芸緊窒的深呼吸，「現在ＳＤ卡的調整就是只能看見明天的事，就算想看後天、大後天它也不會事先預告。」

「就算顯示了，不是也是說變就變嗎！」童胤恒嘆了口氣，這種佔贏面的都市傳說真惹人厭。

「所以現在是什麼情況？嗄？」康旭淳緊張的嚷著，「明天會有人被殺嗎？誰？夠了，要怎麼停止這——」

正在崩潰的他，卻突然梗住了。

他原本激動的看向學生們，看向黑板方向的邊角，被他注視著的簡子芸背脊

發涼，爲什麼要越過她往後看啊!?

童胤恒緩慢的直起身子，一邊讓汪聿芃搭著也站起來，她盡可能不推開椅子發出聲音，每個人都瞠目結舌。

在他們臨時社辦的角落裡，穿著紅褐洋裝的女人就站在角落，披散著一頭長髮，身影模糊閃爍，貼著牆看著他們。

她在笑，眼神陰鷙，笑容殘虐，比康旭淳初見她時有過之而無不及。

她的色澤非常黯淡，看不見鼻子跟左眼，臉上有部分是金黃燦爛的，活像有無形的燈打在她臉上。

一點都不像這世界的人，與其說角落站了一個女人，不如說是誰擺了一塊廣告看板。

「照片裡，出來的人?」汪聿芃幽幽的，回頭看向了康晉翊。

這就是他剛剛說的，從照片裡走出來的啊!

女人整個身體還像螢幕般會閃跳，她轉過了身，往黑板邊離去，身影漸漸模糊，然後漸趨消失……

「喂，你們都不接電話的喔!」門口冷不防傳來氣急敗壞的聲音。

「哇啊——」

誰想得到香氣逼人、熱騰騰的雞排，竟也有無法撫慰人心的一天！整間社辦裡瀰漫著雞排香，紙袋聲窸窣，不過眾人也只是食之無味的吃著，腦子裡想著的是總是變幻多端的ＳＤ卡。

趕回來的是蔡志友，他本是聯繫上啤酒熊的朋友，回來路上聽說康旭淳把筆電丟了，隨時候著要去撿筆電，結果完全沒有消息就算了，還沒人理他，最後只好直接衝回學校。

幸好小蛙夠義氣，也有買他的份，要不他就只能乾瞪眼了。

「啤酒熊的室友說，當時他撿到ＳＤ卡時，大家都覺得很羨慕，因為那年代有張32Ｇ的已經很強了，更好奇裡面有什麼。」蔡志友跟沒事的人一樣輕鬆，「後來啤酒熊想要自己先看，結果好像反而救了其他人！」

「是啊，如果他在宿舍打開，大家圍觀的話，就跟我們現在一樣了。」康晉翊看著身邊垂頭喪氣的哥哥，拿起雞排硬塞給他，「哥，要有力氣才能應付突發狀況。」

「突發……」康旭淳喃喃唸著，「我到底為什麼要撿那張ＳＤ卡!?」

「不要一直在想已經來不及的事了，很浪費時間的。」汪聿芃滿嘴是食物的

唸著，「不就貪小便宜啊，你好吵。」

汪、聿、芃！康晉翊大大警告的眼神看向對面的她，是不是可以少說兩句？

「吃東西可以減緩壓力的。」簡子芸忙緩頰，一邊朝汪聿芃使眼色，一邊把奶茶遞前。

「然後他自己打開檔案後，看到同樣生病的女人，女人也跑到現實生活來。」汪聿芃轉向蔡志友接話，「再然後呢？」

蔡志友有點跟不上的蹙眉，「生病的女人？好像沒提過誰生病吧？」

「外星女說頭髮掉成那樣，化療很嚴重。」小蛙幫忙解釋，蔡志友這才恍然大悟。

「也對啊，掉不完的……不是，妳要不要先解釋一下為什麼照片裡的女人會出現在這裡？」蔡志友嘖了一聲，「再然後啤酒熊上網講了這件事，網友當然就是酸他創作或吸毒吸多了，更多認為靈異事件，ＳＤ卡被附上什麼，但這些都不足以解決啤酒熊的問題——」

當年的室友現在也是社會人士了，提起當初的事情依然心有餘悸。

他說啤酒熊會在宿舍裡突然發狂大叫，整個人抱那台筆電都不睡覺，半夜也抱著在那兒打字，他試過各種方法，不管是刪除檔案、格式化、或是去破解裡面的東西，都沒有用。

「沒有用的定義?」童胤恒提出問題，「這說法我們聽了兩次，啤酒熊以及數字男，但也只說檔案刪不掉。」

「這還不奇怪嗎?你拿張ＳＤ卡刪檔案怎麼會刪不掉?這就很可怕了吧!」小蛙查過數字男的軌跡，自然知道，「數字男還說一切運作正常，但過幾秒後系統就又會跳出ＳＤ卡的視窗，檔案全部都在!」

「有保護的話格式化時就無法動作了吧!」簡子芸幽幽的說，「檔案是不願意被刪除的。」

「啊對，他有提到，啤酒熊曾大喊著不可以格式化，絕對絕對不可以格式化!」蔡志友想到這個重點，「因爲那天他喊完，就拿筆電砸自己的頭。」

哇……這麼激烈?康晉翊忍不住看向桌上的筆電，格式化是個方式，但是檔案如果無論如何都會出現的話，就根本無解了。

只是聽起來……似乎格式化還會再發生其他更嚴重的事。

「後來呢?啤酒熊怎麼處理ＳＤ卡?」簡子芸想知道的是這個，「還有他擁有ＳＤ卡期間發生過什麼事?他的周遭有什麼事嗎?」

「有，那段期間啤酒熊發生過好幾次千鈞一髮，差點出車禍，差點掉下月台，還有差點被火燒死!」蔡志友驀地雙眼一亮，「最令人意外的一次，是他曾叫我們學校的朋友絕對不要騎車經過青山路!」

咦？所有人莫不一怔，「紅衣小女孩？」

「對！我就是這麼想的！我問了也對過時間了！」蔡志友激動的說著，「時間點是吻合的，就是夏天學長他們遇到紅衣小女孩的時候！」

「天哪，重疊的時間……那時發生兩個都市傳說嗎？」簡子芸終於展顏，「但學長沒有提到啊，當時沒人知道！」

「只是撿到一張奇怪的SD卡，誰會知道是什麼東西，況且那時青山路車禍這麼嚴重，騎車時紅衣小女孩在你後面追，這件事討論度那麼高，誰會在意誰撿到一張SD卡！」康晉翊搖了搖頭，「青山路是人命，SD卡跟啤酒熊呢？」

蔡志友笑容略歛了歛，緩緩搖著頭。

「不不不——」康旭淳果然立即抱頭發難，「爲什麼要這樣對我！就一張SD卡，主人是誰我拿去還給他啊！」

「撿到SD卡後一星期後意外跌入溪裡，就……」蔡志友嘆了口氣，「這種事算不上大新聞，但是室友們都心有餘悸，因爲他出事前一天，緊張的警告大家隔天絕對不能搭客運，所有會上馬路的都不行。」

這論調讓大家一時想不明白，警告大家就表示，他在資料夾中可能看見了車禍的照片，所以才警告大家不要上路，他自己卻跑到溪邊？

「他如果不想活的話，也不可能拖室友下水吧！」汪聿芃不解的咬著雞排，

「除非，照片騙了他。」

「嗄？」小蛙覺得莫名其妙，「能怎麼騙？」

「先讓他看見車禍的照片，結果中間改成溺水事故啊！」汪聿芃望向蔡志友，「前人有人跟我們一樣，會去查看前一天的照片嗎？」

「啊對！」童胤恒也突然意識到，「ＳＤ卡呢？他摔入溪水後？身上帶著或是包包裡？」

蔡志友嘶了聲，這點他當然也問了，不過答案大家都不會太滿意。

「筆電都在，但誰會在意什麼ＳＤ卡！室友們有跟警方提起過那張卡，但根本沒找到，無從驗證！」

「照理說他入溪時不太可能帶著吧！可是ＳＤ卡這種東西大家都有，的確不會有人特別留意，或者他放在哪兒，被誰撿走了！」簡子芸想像著一張ＳＤ卡輾轉流浪，「撿到的人不一定會看，又這樣隨手一扔……」

「我覺得壞了也沒差，如果是都市傳說，它隨時可以進化重生，當年是32G，現在是512G。」汪聿芃並不認爲這是問題，「就像試衣間，它們可以存在於任何地方，裂嘴女也會出現在隨便巷子。」

是啊，容量不同，根本不可能是同一張卡，但卻出現了一樣的現象。

「話說到這裡，我想到數字男撿到的ＳＤ卡，是128G的。」小蛙邊說，自己

都覺得背脊發涼。

社辦內一陣寂靜，只剩下汪聿芃喬雞排的聲響，紙袋窸窸窣窣，她張大口咬下，喀滋。

「看來，這就是都市傳說了。」康晉翊還是說出了關鍵字句。

簡子芸即刻抱過筆電，在臉書的社團頁檔案區，編輯了新文件名：「ＳＤ卡」。

「所以……我會死嗎？」康旭淳涕泗縱橫，他依然無法接受現實。

「不會，我不會讓哥出事的！」康晉翊堅強且溫柔的握住哥哥的手，「既然我們可以先知道明天發生的事，我們就能預防。」

但是它會變化不是嗎？

汪聿芃心裡響起的是這句話，默默看向身邊的童胤恒，他用眼尾瞥著她，看來他也想到了。

「明天是搶劫殺人，大家按照計畫留意。」簡子芸看著時間，「九點了，我們散了吧，越晚回家越不好。」

「大家小心。」康晉翊扶著哥哥起身，康旭淳連站都站不穩當了。

小蛙跟蔡志友有點不知所措，因爲他們的身分很尷尬，明明是局內人，但現在又像局外人。

「如果有什麼需要幫忙的話……」蔡志友只能這樣說。

「數字男的情況。」康晉翊是對著小蛙交代的，「盡快找到認識的問問。」

正在收東西的蔡志友聞聲，啊了一聲，「對了！提起這個，室友有說他們都有看到數字男在當年啤酒熊的文章下留言！」

眾人面面相覷，簡子芸微蹙眉，「所以？」

「他們本來想回，結果不管回幾次——留言都會消失！」

「什麼？」這可令人驚愕不已，童胤恒不可思議，「室友不是沒被捲入嗎？」

「對啊，但他們每個都留言，但全部不成功！」蔡志友問得很仔細，「我還問他們有沒有重整，他們說就算換電腦都一樣！」

汪聿芃已經默默揹上包包了，拿起奶茶吸了一大口。

「SD卡不想讓他們多話吧！」

童胤恒回頭看向她，「就說室友沒捲入。」

「沒讓他們捲入啊，只是不讓他們回應罷了。」她聳了聳肩，「它是SD卡，它在電腦裡，網路的世界我想是無遠弗屆的吧！」

只要它願意，它可以任意改變照片內容，可以把照片變影片，甚至也可以潛藏在所有電腦裡。

小蛙打了個寒顫，雞皮疙瘩顆顆竄起，「靠！妳不要說成一副我開電腦就會

中毒一樣好不好！」

病毒。

童胤恒突然覺得這有幾分道理，這張ＳＤ卡裡的東西，何嘗不能算是一種病毒呢？它刪不了、也無法格式化、還會竄改內容？

簡子芸關上門，大家一起走在黑夜裡石板大道上，氣氛低迷，蔡志友想聊什麼也聊不起來，走到了一個圓環處，大家住的地方不同，各分東西。

而汪聿芃則拉著童胤恒，去吃昨天沒吃成的煎餃。

「滿意了沒？」童胤恒嚼著煎餃，無奈的看著汪聿芃，「就這麼心心念念？我們才剛吃完雞排耶！」

「最好你一個雞排就飽了。」她挑了挑眉，滿足的大快朵頤。

「怎麼可能！」童胤恒失聲而笑，他們食量本來就不小，加上運動量大，連煎餃兩個人都叫了八十顆。

雖不到囫圇吞棗，但他們確實吃得很快，一盤像山一樣高的餃子，沒多久就快成平原了！

「我在想啊，可不可以把ＳＤ卡複製到我們其他人的電腦上啊？」汪聿芃滿嘴都是食物，語焉不詳，「不要每次都要等康哥，他又不是很想看！」

「不行！妳剛都說可能是病毒了，那每個人都複製是要每個都染病嗎？」童胤恒沒好氣的制止，夾起飽滿水嫩的煎餃，「我——」

唔！煎餃從筷子裡滑落，童胤恒兩眼發直的瞪著盤子，痛苦的咬牙。

「我也是這樣想，所以我才沒……」汪聿芃托著腮一抬頭，瞬間理解了童胤恒的異狀。

他聽到了！

汪聿芃面無表情的看著他，桌下的手默默握拳，繼續說著，「所以剛才沒提出，而是一起看照片。」

童胤恒沒回答，她知道他回答不了，這時他應該是頭痛欲裂，痛到全身緊繃無法動彈，看他冷汗都滑下來，太陽穴邊青筋暴露，看起來非常非常痛……但是現在的他，便是可以聽見都市傳說聲音的時候！

可以了嗎？她偷瞄著童胤恒，卻不像過往一樣，只要發現他聽見了都市傳說的聲音，就粗暴的推他、搖醒他。

「喂！醋！」汪聿芃使勁的朝他肩頭一拍。

半拍半推，童胤恒瞬間癱軟似地趴上桌子，往左側倒去時及時扣住桌緣，「喂……」

「你也太弱了吧，推一下而已，我自己來。」汪聿芃站起身，拿過桌子另一端的醋，左眼卻緊張瞄向撐著桌子才坐好的童胤恒。

他滿頭是汗，臉色有點漲紅，小小深呼吸，「誰叫妳這麼粗魯，要醋可以用說的。」

「習慣嘛。」她將醋滴進醬油了，忍不住鬆了一口氣。

從遇上血腥瑪麗開始，童胤恒就聽得見都市傳說的聲音。

當初聽到時是詭異的刺耳與輕微頭痛，但是隨著遇到的都市傳說越多，他聽見得更完整，痛楚也更劇烈。

但最可怕的是也不知道何時開始，「對方」似乎感覺得到童胤恒聽得見「他們」，不僅曾在腦子與童胤恒對話，還曾誤導他……甚至，到了讓他再也聽不見、無法捉摸都市傳說動向的地步。

毛毛學長說過，只要跟都市傳說有關聯都不是好事，如果能不聽到最好；但這不是童胤恒所能選擇的，而且後來發現，當遇上都市傳說時，聽得到可比聽不到要好得多了。

「剛剛的提議就別說了，複製ＳＤ卡根本找死。」童胤恒恢復正常，故作鎮靜。

「不然勸康哥把筆電留給我們，反正他帶在身邊也沒用。」她扯著嘴角，「今天聽啤酒熊的事件，我發現一直重看影片是有好處的。」

「嗯哼。」童胤恒點頭如搗蒜，「不過我現在比較擔心第三張照片。」

水底的男孩。

「哦？」汪聿芃勾起了嘴角，「因爲生病的女人能在我們社辦到處跑嗎？」

「是啊，從照片裡走出的人，越來越清晰，這一點都不是好兆頭。」童胤恒望向遠方，「如果水裡的男孩也走出來的話……」

他們相視一笑，卻沒有下文，只顧著把盤子裡的煎餃清空，然後——

「老闆，再二十顆。」汪聿芃跑去再加點後，小跑步回來，「夠吧？因爲等等回去我想去買豆花吃。」

「夠了，我也想去買蔥油餅。」摸摸肚皮，果然還沒飽足感。

汪聿芃雙手托著腮，笑得一臉賊樣，圓溜溜的眼睛轉呀轉著。

「你說，我們如果把那台筆電，放在花子的廁所會怎樣啊？」

「汪聿芃！」

好不容易安撫哥哥睡著後，康晉翊才鬆口氣，沒有遇到這種事前，他一直都以爲哥哥是大樹一般堅強的人，沒想到還是有如此脆弱的一面。

或許正常人遇到這種事都會嚇得魂飛魄散吧！他也曾有過那種恐懼的時刻，只是在他害怕時還夾帶著對都市傳說的期待與好奇，懷抱著詭異的心態去面對，

更有夥伴們在身邊，所以也就沒有哥哥那般崩潰了。

也正是因爲遭遇過，才會更明白這種時候恐懼是最不需要的情緒，要的是快點面對事實、解決事情，讓自己倖免於難！

ＳＤ卡的都市傳說啊……學長姐們可能都不曾想到，在紅衣小女孩發生的當下，也默默出現了另一個陌生的都市傳說。

從啤酒熊到數字男，再到哥哥……他不解的是，這個ＳＤ卡是什麼時候、如何出現的？論年代也沒有個案可以參考！啤酒熊落水後ＳＤ卡消失，數字男死於衝撞進咖啡廳裡的車禍，那張ＳＤ卡呢？一樣不見了嗎？

打開蓮蓬頭沖著頭，康晉翊只希望小蛙能早點問到ＳＤ卡的事情，數字男是一年前的人，資訊應該會比啤酒熊更多也更清楚。

沖洗滿頭泡沫，康晉翊突然睜開眼睛，停下搓揉頭髮的動作。

緩緩放下手，細長的髮絲散亂的卡在他的指縫間，黑色的頭髮，又黑又長……這當然不可能是他的頭髮——喝！

充滿霧氣的淋浴間外驀地有人影走動，康晉翊毫不猶豫的立刻抹了隔間玻璃上的霧氣，這種情況絕對不能不明不白！

紅褐色長洋裝的女人就在他的廁所裡，一樣亮到看不到五官的臉，僅剩的右眼與右邊嘴角都上挑著瞅他，依然是照片走出來的人，她身上的顏色與這個世界並不相合，但卻宛如在自家閒逛般，從他的廁所往外走去。

外頭……是哥哥在睡覺！

「妳給我站住！」情急之下，康晉翊不知道誰給的勇氣，猛然推開玻璃門喊住了她。

女人睨了他一眼，那是帶著不屑的睥睨，不過還是停下了腳步，接著打量康晉翊。

前一秒氣勢十足，下一秒意識到自己一絲不掛，康晉翊在不該覺得害羞的時候趕忙回到淋浴間裡關上玻璃門，但雙眼依然盯著對方不放。

「妳……我們只是不小心撿到ＳＤ卡，也沒有要佔為己有的意思。」他小小聲的說，盡可能保持禮貌，「因為不插卡也不知道資訊，自然無法知道要還給誰……」

他是在為哥哥找藉口，沒錯。

女人沒說話，其實康晉翊也不知道她會不會說話，第一次這麼近距離的看著她，更清楚的發現她真的像個活人看板，照片感好重，而且……身上有粒子。

畫素好像不太好啊。

她一撇頭，依然帶著冷笑的走出，康晉翊緊張的再次推開玻璃門抓過浴巾，圍著下身便衝了出去。

站在浴室門口，看著左方的床鋪，康旭淳正眉心緊皺的睡著，夢囈聲不斷的冷汗直冒，除了地板上有著長髮的痕跡外，女人消失了。

她是跟著哥哥來的，或是跟著ＳＤ卡？這已經不得而知了，但可以確定的是，那張ＳＤ卡裡的人，終究會成爲現實。

身體突然憶起今天下午的溺水，忍不住打了個哆嗦，水裡那個抓住他雙踝的男孩，也是用那樣得意的神態扣著他……那是嘲笑、是欣喜、是一種看戲的姿態，看著他們這些拿走ＳＤ卡的蠢蛋。

「妳是都市傳說嗎？」他站在門口，虛弱的對著房間問著。

啪啪，像是螢幕扭曲閃爍一般，女人的身影模模糊糊的出現在右方，靠近他大門的地方。

沒有任何聲音，她只是讓他知道，她在那兒。

但答案似乎已經告訴了他：是。

康晉翊嚥了口口水，做了發顫的深呼吸，他滿腦子只剩一個念頭：那今天在泳池裡那個男孩，現在在哪裡？

第六章 被人工刪除的照片

「那，晚安。」汪聿芃微笑著揮揮手，轉身離開。

童胤恒望著她離去的背影，也朝著反方向而去，時間已過午夜，他們後來又去吃了兩三攤才飽，人在緊張時反而更想吃東西吧！原本該送她回家，但汪聿芃本來就不是需要護花使者的人，自然被婉拒。

況且時間也不早了，他們還有很重要的事情要做，兩個人都心照不宣，一整晚都思考著哪邊有白牆，一定要走一下。

往家的方向罕有人煙，巷子裡有著一長排的白牆，步行十分鐘以上全是牆，童胤恒留意著自己的影子，以及右手邊路燈的方向，不知道是不是錯覺，這距離與大小還真是剛好。

恰巧與影片裡的情境幾乎一樣。

一步、兩步，童胤恒倏地回頭，長長的巷子裡除了他之外，並沒有其他人，連點腳步聲都沒有。

他正首繼續往前，眼神卻不自覺的落在左手邊那隔著一台車的牆上，他的身影如此清晰，就倒映在那白牆上頭。

腦海裡回放著資料夾裡的影片檔，就是這樣的角度，這樣的身高身形……他略緩下腳步，那影子還真有點像他啊！

後面那個擎刀的影子是什麼時候出現的？捅刀前幾乎只有不到三秒的反應時

間，那個人是突然衝到後方，前者才驚覺的回身，但根本來不及，一回身刀子就從腹部插入了。

狠狠的一刀接著一刀，對方毫不留情的狠戳著，汪聿芃計算過一共七刀，直到被殺者痛苦倒地爲止。

從出現到被害者反應，沒有足音、沒有警示，只有三秒——有時在最後一秒拿到球，他也只有零點幾秒的時間，就要決定跳投三分球了！

足夠了！眼尾始終盯著白牆剎時衝出人影，童胤恒飛快的轉身，準確的握住了刀柄。

即使是夜裡，路燈映照攻擊者身上，還是可以看到他那膚色不均的臉上，滿佈著水波紋，還反射著光線，完全就是個彩繪人物，活脫脫從照片裡走出的人兒！

擎刀的男孩笑容僵在嘴角，像是不敢相信爲什麼童胤恒能及時回身、還抓住他的手一樣。

「你們話太多了。」童胤恒蹙著眉，使勁扣著那欲捅進他腹部的手，男孩仍在努力。

最可怕的是，他明明使勁全力，但笑容卻一如照片一樣，維持一貫的狡黠，絲毫沒有變化！

「七刀！」遠遠的，傳來奔跑的足音。

咦？水男孩愣住了，水藍色的眼裡盈滿驚愕與恐懼，望進他眼底，童胤恒慶幸他像個廣告看板，所以他不會有不忍。

抓著他的手輕易將水男孩的手腕反折，二話不說一刀就送進了水男孩的腹部，水男孩微笑的嘴終於失去笑容，取而代之的是一種恐慌……但童胤恒沒時間看他的臉，拉著他的手再旋過他的身體，轉眼間與之易位。

水男孩背貼著他，他由後扣住水男孩的身子，握著他的右手，一刀再一刀的往他腹部戳刺而去！得跟影片一樣，整整七刀，不多不少，每一刀下去，他都可以感受到冰冷的液體隨之流出，也隨著每次的拔刀，牆上會濺上一整片的——水。

奔來的汪聿芃拿起手機想拍，立即被童胤恒制止。

「妳是嫌照片不夠多嗎？」童胤恒刺完七刀，即刻鬆手後退，第一時間看向牆上的影子。

汪聿芃繞過水男孩，將童胤恒繼續往後方拉開，離白牆越遠越好，不讓自己的身影能映在牆上了，如此牆上才能剩水男孩隻身唱著獨角戲……用著與影片一樣的角度，痛苦撫著肚子，直至不支倒地為止。

在吃煎餃時，童胤恒就聽見了令他毛骨悚然的聲音，男與女，幾乎就在他背

後交談。

『就他，七刀。』

『好高大啊……』

『沒有太多選擇，解決掉他，我膚色會比較正常嗎？』

『會的，會的。』

看著倒下的水男孩，汪聿芃原本還在猶豫要不要報警，但是須臾間，地上就只剩一灘水了！水恣意橫流，她看得縮起身子，童胤恒趕緊再拉著她往巷子底去，遠離事發的那面牆。

連刀子都沒留下，彷彿剛剛什麼事都沒發生似的，巷子裡、牆前地面上，就只剩一灘水。

「沒事吧？」汪聿芃仰起頭，問意思的。

「嗯。」他這才發現掌心出汗，「妳也眞厲害，在煎餃那兒沒漏餡。」

「上次收藏家事件的教訓我可沒忘，都市傳說好像知道你聽得見，我才不要打草驚蛇！」她劃上自豪的微笑，「我說要續攤續到午夜，你都沒反對，我就知道你明白！」

童胤恒欣慰淺笑，「唉，累得要死還要耗到過十二點，這才累。」

「但至少我們有快二十四小時的時間可以稍微輕鬆一點啊！」汪聿芃比一般

人都樂天太多，因爲她思考的層面與一般人不同，「不知道能不能讓康晉翊先看一下明天的資料夾了。」

童胤恒飛快的握住她的手，阻止她輸訊息。

「讓他們好好睡一覺，明天早上再傳，大半夜的要不要讓人睡啊？」童胤恒推著她的肩往回走，「走了，我送妳回去。」

「才不必！你家不就在前面了！」她撥開他的手，「我自己回去就行了，解決掉一個，我超想知道資料夾裡的照片會變成怎麼樣呢！」

童胤恒無奈笑笑，「就妳還笑得出來，我光想到明天的資料夾會有什麼，就坐立難安了。」

如果隨時變化，那他們要怎麼應對？SD卡有七天的資料夾，難道過了七天，事情就會終止嗎？究竟要怎麼做，才能讓SD卡的檔案停止生成？

還有他聽見的對話裡清楚的提及：照片或影片裡的人，來到這裡後會像印出來的一般，雖是立體的人，模樣卻像是廣告人形看板，與這個世界格格不入，但卻可以經過完成任務，讓自己變得更像眞人一點。

「想那些太累，我也想不到。」汪聿芃聳了聳肩，「我只想知道，如何停止這一切……不過就撿張SD卡嘛！」

男孩單肩揹著背包，好奇的在長廊上走著，這區應該很少人會來這裡上課吧？到底是如何冷門的課才會在這裡上？風超大的，冬天到這邊來根本是吹寒風。

718、718，他看著上方陳舊的班級牌，都不知道歷經多少風霜了啊……咦咦？他緩下腳步，看著前方有人走進教室，服裝不太像學生耶，現在居然有人留這麼長的頭髮啊!?

快步走上前，望著門上的班級牌，718。

「居然！」剛剛那個女人走進的教室就是718耶！他從窗戶往裡看，有點雜亂，但沒看見人啊！

記得網路上看過「都市傳說社」的副社長，頭髮沒這麼長、也沒那麼高！手擱在眉上往裡頭望了一扇接一扇的窗，裡面看起來沒人啊……「哇！」

他來到後門邊，被一尊只有半邊皮膚半邊肌肉紋理的假人模特兒嚇到……這不算人啦！

逕自敲門，才在旁邊看見一塊木頭牌子，上頭一手好書法，確實刻著「都市傳說社」五個大字。

叩叩叩，乓乓乓，他敲了又敲拍了又拍，就是沒人開門，試著想推門進去，卻發現前後門都上鎖。

怪了，剛剛進去的人呢？

「喂！敲什麼啊！門會壞好嗎！」遠遠的，有個七彩頭的男生指著他大叫，一邊衝過來，「沒人不會看喔！」

男孩瞬間收手，看著小蛙橫眉豎目的直衝而來，他有點想逃的，「不是，我剛剛……」

「敲敲敲，拍這麼大聲我老遠就聽見了！」小蛙疾步來到他面前，「哪位啊？找誰？」

「呃……找你們社長。」他笑得有點畏懼，「我剛看到有人進去，我就以爲……」

小蛙正轉著鑰匙，「嗄？誰進去？」

男孩不知道該不該說，因爲這個七彩頭說話好像都要幹架似的。小蛙今天負責開門，今天全體就他十點沒課，其他人都得熬到中午，怎麼可能有人來開？鑰匙在他手上耶！

「呃……一個頭髮很長很長的……」

鏘，餘音未落，鑰匙從小蛙的食指上滑落。

他臉色僵硬的看著陌生男同學，這傢伙該不會知道關於照片裡那生病女人的事吧!?

「你看見了？她走進去？」小蛙口吻變得急切，「你說頭髮多長？穿什麼顏色的衣服？」

「WOW……」學生連忙後退，順著教室前的台階往下，「我看這樣好了，你幫我轉交東西給社長，就沒我的事！」

他揚著手上的證件，伸長手臂遞前。

小蛙狐疑的接過，是康晉翊的學生證！「爲什麼你有他證件？」

「他昨天掉在泳池館的，拉他上來時掉的吧！那時一片混亂我也沒注意，我還以爲是我的就撿起來了！」男孩客氣的後退，「就麻煩你拿給他了！」

「噢……」小蛙愣了一下，「等等等等！你拉他上來？是你救了他嗎？他在找你耶！」

「呃，找我幹嘛？沒事的，我就順手！」男同學尷尬擺擺手，「走了！」

小蛙哪可能讓他走啊，趕緊衝下階梯跑到他面前，「不行啦，社長一直惦記著，你好歹得讓他親自道謝。」

「我又不是爲了讓他道謝才救他的，我就是覺得怪……怎麼會有人淹在一百五十公分的水以下……」他鑲在嘴邊的笑容有點僵硬，「好吧，我是想問問都市傳說是怎麼回事？你們知道泳池目前封館耶，大家都因爲他嚇得不敢游泳了，我是校隊的，我……」

「停——」小蛙打直手臂，出掌在前，「你問這麼多我很難回答你，不過泳池館封起來了啊！哎呀，看來學校有把我們社團當作一回事嘛！」

嗯……學生微蹙眉，這個七彩頭有沒有搞清楚狀況啊？

「之前不是有一個社團說你們胡說八道編纂故事？」

「那個社的社長現在是我們社員。」

「……我記得還放大螢幕論證？」

「那是花子，她住在前面那間廁所裡，你有空可以去敲門看看她在不在。」

「……啊之前還有一票人說你們怪力亂神！製造恐慌……」

「都失蹤了。」

男同學突然不知道該接什麼，七彩頭說得沒錯啊，好像指責「都市傳說社」的人一個接一個出事……靠夭！這才是都市傳說吧？

「欸，十一點康晉翊就下課了，你進來等他啦！」小蛙吆喝著，同學搖頭搖得超快，「不是，你剛講了那個女人的事，我現在也不敢一個人進去啊。」

「我可能看錯了，說不定是進隔壁……」他想指向隔壁，才發現沒有隔壁。

社辦是末間，隔壁是一間明眼人都看得出來的迷你倉儲。

「走走走！」小蛙邊說，一邊推著學生進去，「陪我一下啦！啊，我叫小蛙。」

男同學千百個不願意，但是卻禁不住好奇心，還有想知道他的泳池什麼時候解禁，「我叫南天。」

看小蛙戰戰兢兢的開門，南天發現七彩頭是眞的在忌諱什麼，而他自己也無法否認剛剛親眼所見，那個女人眞的是踏進了教室裡，影像好清晰，就是……說不上來哪裡怪。

「厚！又來！病很重耶！」小蛙一踏進去，一腳就踩到長髮。

南天跟著走進這簡單的社辦，看著他們用六張課桌拼起來的大長桌，會心一笑，明白這是一種茶几的意思。

留意到地上的長髮，他直覺又想到剛剛看見的女人。

「這麼長的頭髮，那表示我沒看錯啊……這裡另外一邊有門嗎？」

有的教室會是雙面都有通道，南天張望一下，並沒有發現，這裡一如平常的教室，最多只有前後門，但教室就這樣大小，她能去哪兒？

「怎麼一直跟著，很煩！」小蛙碎碎唸著，一邊拿掃具來清掃，「病眞的很嚴重，頭髮掉這麼多。」

「生病啊……」南天恍然大悟。

「對啊，化療很嚴重的感覺。」小蛙跟著應和。

掃完地後小蛙便請他坐下，這讓南天渾身不自在，有種被當成上賓的感覺，他只是來問事情加還證件的。

「還不就一張ＳＤ卡啦！」小蛙無奈的說著，「有張ＳＤ卡裡有七個資料夾，一天一個，都會預告明天會發生什麼事，我們覺得應該是都市傳說啦，所以……」

南天望著他，有些語塞，「預告？」

「對，康晉翊溺水前一天，我們看見資料夾當天日期的照片是個泳池，所以他才去那邊取證，結果？」啪！小蛙一擊掌，還嚇了南天一跳，「你看，要不是你，他就眞的掛了。」

南天深吸了一口氣，「所以他爲什麼溺水？那才一百五十公分耶。」

「有個人在下面拉住你的腳，怎樣都會溺水吧！他昏迷前最後的景象，就是前一天那張照片的模樣！」小蛙比了個按快門的手勢，「喀嚓，眼睛即鏡頭。」

「泳池當時沒別人，只有他。」南天肯定的說著，「我拉他上來時只有……」他想到了阻力，拉著康晉翊上來時，的確有另一股拉力在水底，他是沒見到還是沒在意？

「都市傳說不是那麼好對付的啦！回來後他們重開檔案，說照片還變了！本

來只有水，結果變成水底有男孩！」小蛙哎唷了聲，「話說你剛看到的女人是第一天的照片……」

南天嚥了口口水，趕緊拿起桌前的水杯，手還忍不住發著顫，全身起了一股惡寒。

「該不會是穿著紅褐色連身洋裝、襯衫長裙、笑得很機車的女人？」

仰躺著的小蛙僵住了，他緩緩睜眼，用狐疑的眼神看著十一點鐘方向的男同學，這個與都市傳說社毫無關係，不過救了康晉翊起來的學生，爲什麼會知道這麼多!?

「衣服長髮就算了，畢竟你剛才看著她走進來，」小蛙站了起身，眼神銳利，雙拳緊握，「笑容這件事你怎麼會知道？」

哇，南天看得出氣氛不對，七彩頭一副戒備之態。

「我……我表哥之前也撿過一張ＳＤ卡，他跟我說過照片裡有個女人笑著看他，看得他發毛，然後沒多久又說他宿舍出現怪現象，好像照片裡的女人跑出來之類的……」南天不知道該怎麼說，提起這事有些歉歔，「總之我也沒在意，那時他的精神狀況也很差。」

「你表哥？」小蛙跳了起來，「他是落河的還是被衝進咖啡廳的車子撞死的那個？」

這下換南天傻了，他瞪大雙眼一骨碌跳了起來，「爲什麼你會知道？」

「哪個？」小蛙可急了，說起話來跟打架一樣。

「他的確是在咖啡廳遇到車禍的，但爲什麼……」南天渾身發冷，這種巧合讓人不安，「到底爲什麼會知道這種事？」

「你表哥是數字男嗎？就ＩＤ是一堆數字嗎？他曾發文求救過，還問了七年前的啤酒熊！」小蛙讚嘆般的衝到驚愕的南天面前，握住他的雙肩，「這眞是踏破鐵鞋無覓處！」

南天被晃得有點不知所措，他發懵著，表哥的事在家族裡一直是大家不願提起的過往，因爲他意外過世前幾乎被界定爲精神異常，大家都認爲表哥是瘋了，打算帶他就醫前，卻因爲車禍意外過世。

「哇喔！怎麼了怎麼了？大老遠就聽見歡呼聲了。」蔡志友是拎著早餐進來的，「難得社內有好事喔！」

「我呸你的烏鴉嘴，我們社團裡一向都好事。」小蛙根本睜著眼睛說瞎話，「這位，是昨天救康晉翊起來的救命恩人，外加數字男的表弟！」

「哦～是救社長起——什麼？」蔡志友這才回神，「數字男的表弟？那個被撞死的？」

南天壓抑著，這些人其實可以不必一再重複表哥的慘狀。

「巧吧！可巧了吧！他剛還看見生病的女人走進來，但只是看背影卻知道她的臉長怎樣，原來他之前就聽過那女人了！」小蛙興奮的劈頭高喊，幸好理智邏輯強的蔡志友GET得到。

「請坐，快請坐！」蔡志友異常殷勤的請他坐下，「除了生病的女人外，你還知道多少？」

南天屏氣凝神，看著分坐一左一右，卻熠熠有光的兩雙眼睛，滿心只有狐疑、詭異，跟想逃。

「所以，」他終於開口，「我表哥說的都是眞的？」

「嗄？」兩個男生嗄了一聲，蔡志友瞬間領會，「你不相信他生前說的嗎？包括那個女人？」

「半信半疑，我尊重，但是他眞的很奇怪！」南天擰起眉心，「一個在檔案夾照片裡的人，會出現在他家？」

小蛙立刻舉手，再指向整間教室，「你剛看著她進來的。」

南天緊張的嚥了口口水，是啊，說不定是錯覺……雖然他覺得不太像。

「是啊……這樣，可能眞的要重新思考表哥說的話了。」也才一年，他不可能忘記表哥說過的一切，他們其實很親，當時事發時第一時間，表哥的確是找他談過。

但這太詭異了，他難以相信。

「我想先問一下，從撿到ＳＤ卡開始，他多久後……出事的？」蔡志友問得很婉轉。

「一個多星期，確切天數我不記得了，但從他說撿到一張怪異的ＳＤ卡後，整個人就不對勁了。」南天話及此，神色有些懊惱，「我後來也覺得他不正常，所以就不讀不看他的訊息，直到……他出車禍的消息傳來。」

「一星期多嗎？」小蛙只在意這個關鍵數字，「居然超過七天？不是只有七個資料夾嗎？」

「難道破關後還有副本？」蔡志友一點都不覺得這是好事，「我本來想說如果能捱過七天說不定就沒事了，這樣豈不沒完沒了？」

「什麼沒完沒了？」

蔡志友背對著前門，後方傳來虛弱的聲音，他詫異回身，是臉色憔悴的康旭淳！連忙轉身站起，他一時還想找藉口去搪塞剛剛的話語。

康旭淳瞪著滿佈血絲的眼，他身後匆匆出現康晉翊，腳才踏進社辦，看見南天，頓時雙眼一亮！

「是你！」康晉翊簡直喜出望外，「我還問管理員怎麼找救我的人！」

「小事不必提，我只是來還你學生證。」南天指指擱在茶几上的證件，「我昨天不小心弄混帶回家了。」

「他是數字男的表弟。」小蛙立即丟球。

康晉翊整個人呆住，不可思議的看向小蛙、指指南天，再往蔡志友望去，他肯定的點點頭，康晉翊卻一時震驚到無法言語。

蔡志友留意到康晉翊手上抱著筆電，再瞄向恍惚的康旭淳，隱約察覺到社長拿到SD卡主導權了。

先讓康旭淳坐下，他氣色眞的很糟，今天社長看起來也不太好，一副睡眠不足的模樣。蔡志友簡單說了剛剛發生的事，康晉翊撥掉椅上的長髮時，一點都沒有驚訝的神色。

那生病的女人昨天就在他宿舍晃了，但這點他不能說，只怕一講出來，哥哥便會崩潰，現在好不容易能睡頓好覺，也就別嚇他了，累個一兩天他還撐得住，昨晚徹夜未眠，他實在不敢睡。

接著他們討論數字男活過七天的事情，南天也在未刪除的對話紀錄中，確定了數字男自撿到SD卡到意外身故起，共是十二天。

「但只有七個資料夾。」康晉翊望著擱在桌上的筆電，他不打開，是因爲南天就坐在他右邊。

原則上，他不會再牽扯進其他人，事情就看過檔案的人扛起就好。

康晉翊也向南天解釋了當年數字男可能遇到的狀況，每天可看見隔天資料夾的照片或影片，預知某個意外，發生在自己或周遭的人——這裡的人泛指一起看過照片的人。

很快的下課鐘響，南天表明十一點到一點他有課，不能再留，但康晉翊希望他能再等等，他已經讓小蛙通知大家過來，至少見一下南天，能再理解多一點訊息。

而小蛙也發現很明確的，康晉翊跟蔡志友今天都翹課了，不然幹嘛叫他開門！

「好消息好消息！」人未到聲先到，汪聿芃輕快的一邊大喊，一邊朝社辦衝，「今天的事故已經發生囉！」

「什麼？」康晉翊跳了起來，「妳嗎？」

「童子軍！昨天晚上我們刻意晃到過十二點，就等人來搶劫了！」汪聿芃開心的蹦跳進社辦，「猜猜看殺人的是誰？」

「童子軍怎麼了？」小蛙焦急的喊著，凶手這件事不是最重要的好嗎！

門口跟著出現人影，「什麼？」

看見完好的童胤恒，在場眾人莫不鬆了一口氣，唯南天狀況外的不理解。

「他住的巷子一整條白牆，跟影片裡的一模一樣！所以對方就出現了！」汪聿芃雙眼亮得要命，「快點猜，是誰是誰——」

「水裡的男孩。」康晉翊沒好氣的回應著，「汪聿芃，這很難嗎？第一天那張照片的女人在我們附近晃，會出來動手的不是她、就是拉著我腳的傢伙了！」

哎唷，汪聿芃一秒洩氣，無趣的脫下背包，隨手往旁邊零散的桌上扔去，自個兒再向後一撐，坐上了桌子。

「我回敬七刀，如同影片一樣，沒有任何出入，然後他也痛苦倒地。」童胤恒留意到陌生人了，微蹙起眉，「不過他就化成一灘水，消失了。」

「哇！」小蛙有點詫異，打量了童胤恒，「看不出來你要狠時還挺下得了手的耶，七刀！」

「你在開玩笑嗎？他不下手死的就是他了耶。」汪聿芃皺起眉，不太高興的瞪著小蛙，說什麼風涼話啊！

磅！

黑板旁邊的堆起物品突然倒下，疊起的箱子有四個，最上面那個掉下來時發出巨響，整間教室的人放聲大叫，南天更是整個人跳了起來，因爲……那箱子邊，站著那個長髮女人。

一樣的看板感，但不一樣的是她的眼神今天更加陰鷙，還帶了點仇視。

「生氣了嗎？」汪聿芃歪著頭，「你們把ＳＤ卡拔回去，停戰，大家就相安無事了啊！」

童胤恒拉動她的手，「不要跟都市傳說聊天。」

她撐著身子的手一被拉差點倒下，不過倒也順勢的往站在桌旁的他身上倒去，懶得掙扎的直接拿童胤恒的胸膛當靠墊，心裡倒是忍不住咕噥，就許你偷聽都市傳說話，我不能聊個天嗎？

長髮女人旋過身，走進那堆雜物箱裡……或者說穿過更合適。

康晉翊暗自握拳，喉頭一緊，想起她陰魂不散的在他家徘徊……天哪！如果她是鬼多好辦，大家可以好好坐下來談一談，她到底要什麼！

但現在這種狀況……想必是童子軍把水男孩殺了，她對同伴犧牲不是很開心吧！

「我得走了。」南天想逃，一把抓起背包，「這整件事太玄，啊表哥有提過什麼加速變化之類的，快把他搞瘋了。」

「還有什麼？」一群人閃著渴望的眼，他們需要前人的資訊啊！

「我不記得了，我得回去找訊息——但是……我表哥有留影像日記。」南天決定告訴這些人！

影像日記！天哪！這簡直是曙光！康晉翊激動的趨向南天，「那……怎樣可

以拿到？」

「我再跟你們聯繫好了，老家在K市，明天是週末，如果你們OK的話，我們可以一早就去。」南天拿出手機，準備交換訊息。

康晉翊即刻與南天互加好友，感激涕零，「眞的很謝謝你，如果可以的話務必讓我們讀那份日記，我們現在身陷其中，非常非常需要那本日記。」

南天笑得很尷尬且爲難，但還是點點頭，匆匆的離開了「都市傳說社」。

「我想看第三天的資料夾。」南天一走，汪聿芃即刻跳下桌子。

小蛙識相的起身，吆喝著蔡志友一道出去，蔡志友還在那邊嚷著爲什麼不能看，硬是被拖出去解釋，還能聽見小蛙在那邊碎唸你傻傻的喔……

爲保萬全，童胤恒還把門鎖上。

「我也要出去……我也要……」康旭淳慌亂的又要逃。

「康哥，好歹爲你女朋友想一下吧！」汪聿芃懶洋洋的唸著，「她也是被捲入的人之一喔！」

咦？康旭淳瞬間回首，嫻妤尙在住院，她在說什麼？

「她的確也是看過SD卡的人，也已經因此受傷，這似乎沒有一次就免疫的原則。」童胤恒滿是歉意，「面對才是解決事情的唯一出路。」

康旭淳無力的走回弟弟身邊，含淚的眼卻帶著不平，「我不知道才會讓嫻妤看的，但是這樣就——」

「哥，你對我激動沒有用，我們現在只能見招拆招！」康晉翊打開筆電，第一時間先調出昨天日期的資料夾。

所有人都聚到康晉翊身後去，緊張期待的看著資料夾開啓……本該一片水藍加上有個水男孩站在那兒的縮圖，不見了。

不是照片不見，照片檔還在，就是沒縮圖，依然是個ＪＰＧ檔。

連點兩下開啓，筆電發出警告音，跟著跳出視窗：**「檔案已損毀」**。

咦？康晉翊詫異的再多點了幾下，警告音不停接連發出，視窗也沒變過，全都是檔案已損毀。

「按右鍵試著用別的程式開啓。」康旭淳突然活過來似地接過滑鼠，但不管怎麼試，那就是個完全打不開的檔案。

啊啊……汪聿芃緩緩直起身子，她看向的是黑板旁那堆雜物堆，原來人家生氣是有道理的啊，被反殺的水男孩不在了，連ＳＤ卡裡也沒有容身之處了嗎？

眞是太有趣了。

「因爲你們解決掉他了嗎？」康旭淳驚異的回頭向上看向童胤恒。

「只能這麼猜了。」童胤恒自己也在震驚之中，「打不開就算了，先看明天的吧，至少今天不必煩惱了。」

「至少今天。」康晉翊加重了語氣，不假思索的打開了明天日期的資料夾，將預告明天可能會發生的事件。

又是一個影片檔，而且這次長達兩分鐘。

氣氛陷入靜默，沒有人點開，像是在等待著誰。

「南天剛剛說，後面的階段對影片似乎會一直更改變化。」

終於等到敲門聲起，童胤恒趨前開門，簡子芸一臉狐疑的走進來，「剛剛小蛙跟我說……」

「先來看吧。」康晉翊嚴肅的開口。

簡子芸即刻收聲，沉穩的挨到他身邊坐下，他才再度按下播放鍵。

有別於昨天的三十秒，今天的影片有兩分鐘，是段像行車記錄器的影片，車子在車陣中行走，速度很快，看起來是高速公路，每輛車都保持著……自以爲的安全距離。

鏡頭不是在安在行車記錄器的位置，而是駕駛座正後方，因爲視角甚至可以看見前座的頭枕，再往前才是擋風玻璃。

突然間車子打滑似的向左偏，緊接著撞到分隔島再向後拉，煞車感明顯異常，但車子卻依然直直往前衝，正前方的車子亦撞成一團，直到某根物體從擋風玻璃裡插進來——啪嚓！一片血紅，連點尖叫聲都聽不見，影片暗去。

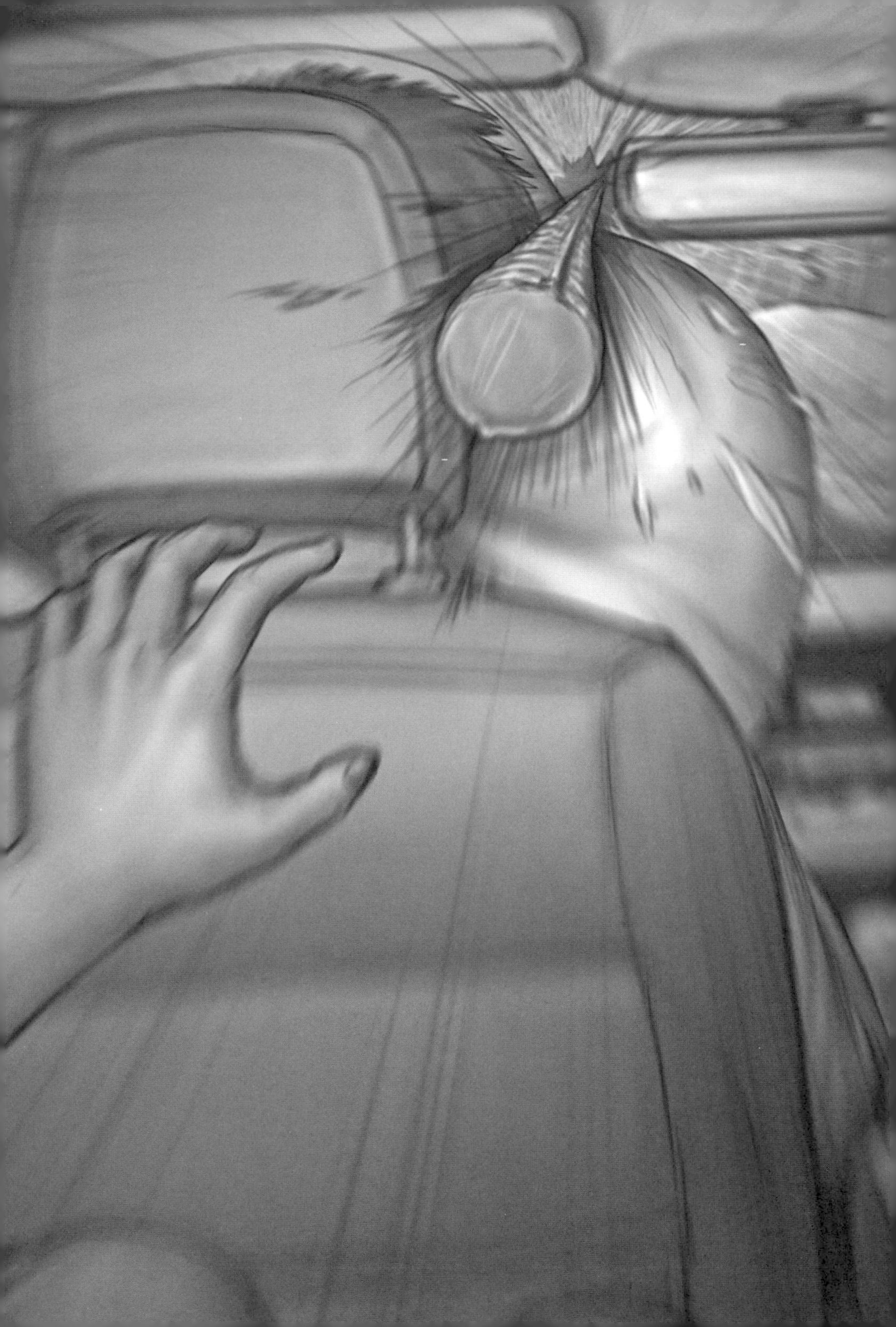

所有人都靜默的看著影片，一時之間不知道該有什麼反應，不過在簡子芸身後的汪聿芃倒是伸長手，再按了一次空間棒。

「再看一次。」

「噢！」簡子芸別過了頭，心悸又打寒顫，不敢再看一次。

最後那一秒，尖銳物穿過了擋風玻璃，想必是刺穿了誰的眼睛啊！

汪聿芃重看了好幾次，連康旭淳都不忍再陪著看，儘管這又是部沒有聲音的影片，還是令人發自內心的不安。

「沒關係，我們誰都不會坐車。」康晉翊安撫著哥哥，「你女朋友短時間也不會出院對吧？」

康旭淳倒抽一口氣，立即拿出手機，「我得警告她，明天不許坐任何車子！」

童胤恒於影片中按下暫停鍵，畫面不甚清楚，因爲一切都在翻轉中，前頭那銀色的尖銳物正準備刺進車子裡。

「這台是小客車吧，高度似乎差不多。」童胤恒看著角度，「但好像又高一點。」

「這太詭異了，我們都是學生，爲什麼會有高速公路上的畫面？」簡子芸在筆電背後沉吟著，「看過ＳＤ卡的就我們幾個，如果我們都不搭乘的話……康晉翊，你別像昨天一樣，好奇的去找泳池，等於自投羅網。」

「人不會傻兩次的。」沒去他們也不會知道ＳＤ卡是這種操作模式啊。

汪聿芃看著螢幕，再看向沉思中的每個人。

「那我請問一下，」她再度舉起了手，「我們要怎麼去Ｋ市？」

第七章 自動改變

簡子芸不安的坐在位子上，手緊拉著安全帶，直覺回頭看向身後，康晉翊的臉色也不甚好看。

「我們走七號吧，七號再接省道最快。」駕駛座的聲音從容，完全就是個不知道狀況的傢伙。

一早看見休旅車時，每個人心都涼了一半，童胤恒一看到車子便知道那高度是怎麼回事了，比一般自小客車高一點、卻比遊覽車要低，完全就是休旅車的視角啊！

南天居然直接包了車子，大家一起前往K市，平均分擔車資最爲划算。

駕駛座後方坐了童胤恒，他覺得這位子是最危險的角度，當然要給身強體壯的人坐，汪聿芃不依不饒的就是不坐右邊，所以選擇坐在他身後，右手邊區塊自然就放自覺肉咖也爭不贏的社長與副社長了。

所謂影像日記自然是存在電腦裡，雖然康旭淳說這都什麼年代了，直接請對方傳過來就好，何必親自跑一趟？但現在是他們有求於人，怎麼可以叫人家特地跑這一趟，就爲了傳檔案給他們？

再者，連數字男的家人都不知道影像日記的事，他的電腦還放在原封不動的房間裡，筆電設有密碼，至今無人解得開。

距K市有一小時車程，小蛙跟蔡志友留守「都市傳說社」，不關他們的事就

不要扯太進來爲上，康旭淳也沒跟上，康晉翊把他交給小蛙他們了，雖然不管哥哥在哪兒，生病的女人應該都是跟著的，但找人看顧總是比較好。

簡子芸默默的看著膝上的筆電，她已經整理出一些條理，除了ＳＤ卡的資料夾預言著隔日會發生的事外，還有「前人」的經驗：絕不能格式化。

「聽說檔案刪不掉是嗎？」她朝前方問著。

「刪不掉，當時表哥崩潰的跟我提過，無論怎麼刪都還是會再出現，而且原封不動。」前頭的南天幽幽的說。

「他走後，那張ＳＤ卡你有看過嗎？」童胤恒試探性的問，明知機會不大。

「我再見到表哥時是在殯儀館了。」南天有些消沉，「我昨天特意翻找了存下來的訊息紀錄，他那時說的話……幾乎都跟你們提的事很像！」

「那個女人從照片出來後，他跟你提過幾次？」

「每天講！訊息總是一大串，一直說那個女人跟著他……唉，我們真的覺得他瘋了！」南天回首問向他們，「他最後還說，那個女人會對他動手！」

「早晚的事吧……所以我才讓小蛙他們看著我哥。」康晉翊又打了個呵欠，「你們知道嗎？她在我家。」

什麼!?簡子芸吃驚的回頭看著，童胤恒跟汪聿芃則是一臉不意外。

既然會跟著撿到ＳＤ卡的人，不跟著康哥該跟誰！

「所以你這兩天都沒睡嗎？」這語調裡充滿關切，簡子芸的確憂心。

「我不敢睡，我不知道她想做什麼。」康晉翊揉揉太陽穴，「而且我始終擔心ＳＤ卡會有什麼變化。」康晉翊嘆了口氣，「想看影像日記，就是想知道加速進程的事。」

南天有些惆悵，當年他根本不聽表哥說話，後來甚至連讀他的訊息都沒有，因爲表哥所言眞的太怪力亂神了，照片裡的女人在他家？有人想推他下樓？或是誰想殺害他？甚至預知事件？還說這張ＳＤ卡是惡魔？逼他往死裡去？

「加速進程是指變成半天一個事件嗎？」童胤恒覺得有點頭暈，「現在一天一件我就已經覺很可怕了，還兩個？」

「如果是一天一件，七天做完平安下莊，ＳＤ卡可以安全退出的話，那還好一些。」簡子芸原本以爲是這樣的，「但是南天說數字男是第十二天出事，感覺就很糟……我們撐不下去的！」

如果都是可能會重傷會致死的意外……不知道在哪兒、不知道是誰，這樣誰能支撐得了七天？

司機其實聽不太懂他們在說什麼，只是偶爾從後照鏡瞥著，在左方第二排汪聿芃倒是異常沉靜，她看著前方的路，偶爾左右張望，對她來說這些細節讓康晉翊他們去想就好了，她沒心思去在意那個。

車子在高速公路上行駛，一共四個車道，在左前方的第二與第三車道的雙黃線上，突然出現女人的身影！

汪聿芃瞪圓大眼，緊盯著那女人，隨著車子往前，她的視線跟著往右瞧，由前往後……那熟悉的衣服，那看板感，還有不清楚的五官，化成灰都認得好嗎！

「在看什麼？」童胤恒留意到她的動作，也跟著循著她視線移動，看見的是一如既往的馬路。

「安全帶繫好！」汪聿芃突然焦急的喊著，「大家坐穩，司機先生請小心，保持安全距離！」

被她這麼一吆喝，車裡的每個人先是錯愕，接著手忙腳亂的趕緊繫妥安全帶，緊張的繃緊神經，左顧右盼。

「喂喂，是怎樣？」前頭的南天極度不安，「你們這樣我會慌。」

「你坐好就是。」童胤恒指著他，「面向前方，坐穩……司機大哥，麻煩安全距離。」

童胤恒就坐在駕駛正後方，拍拍椅背，他們跟前車只保持了五個車身，怎麼算都不是安全距離吧？汪聿芃回頭張望，後面的車子也才隔不到三個車身，高速公路上這樣的距離不會太短嗎？

「啊我這樣隔不夠遠喔？等等一堆人超！」司機大哥不太高興的緩緩踩著煞

車，還得留意後頭的傢伙。

餘音未落，一台小客車意圖超車，切入了他們車道。

「紅色小客車，車號是TFA2358。」汪聿芃低著頭，喃喃的唸著，「幫我看。」

紅色……南天仔細往前看，忍不住在心裡驚嘆，「對，沒有錯。」

「一分二十秒。」汪聿芃再度抬起頭，「倒數！」

「倒……倒數？」康晉翊手忙腳亂的拿起備用手機，等他找到碼表時都不知道又過了幾秒。

「你們在幹嘛？」連司機都被這份慌張感染了，「倒數什麼？」

「你不要回頭啊！」簡子芸嚇死了，司機邊開車還回頭，「那是第幾個車道……我們不要在這個車道！」

「第三車道！」童胤恒趨前提醒，「大哥，我們找空檔，不要待在這個車道上，往二或路肩移過去都行。」

「你們這些學生是在做什麼啊？做什麼非法交易嗎？」司機探頭留意每個後照鏡，看是不是有誰在跟蹤。

啊……右手邊分隔島上，女人長髮飄飄，向上瞪著的眼睛彷彿與汪聿芃四目相交，只讓她背脊發涼。

「看到嗎？」她從右邊伸手往前抓了童胤恒的衣服，「後面。」

女人緩緩轉了頭，用亮到平面的五官看著他。

童胤恒緊張的回望，「什麼？妳看見什麼了嗎？」

「汪聿芃！」康晉翊也覺得這氣氛太逼人了。

「生病的女人跟來了，她就一直在馬路上！」汪聿芃正首一瞧，倒抽一口氣，「看路！」

軋——前方傳來駭人的煞車聲，隔三輛車的前方，內側車道的小貨車意圖超車變換車道不利，撞上了第三車道想超速的小客車，這一擦撞，便是天翻地覆。

後方的車子紛紛緊急煞車，反應快的司機硬是打了方向盤向右繞，否則大家煞車只是會撞成一團，那時就是比板金厚度的時候了。

「哇啊啊——」南天放聲大叫著，因爲他們這台車原本正要切到第二車道，現在前方發生事故車禍，一切是那麼的措手不及！

他們距離前車太近了，更近的後車直接撞上，讓正死踩著煞車的他們車身不穩的瞬間原地旋轉。

「呀啊！」大家根本在車裡被拋來拋去，若不是繫著安全帶，說不定整個人早就已經飛出去了！

汪聿芃死扳著前座的椅墊，掙扎著往前看，肇事車輛尚未平息，小貨車與小客車翻轉出去後，撞到了外側車道又彈回來，終於震壞了小貨車後斗貨物的繩索。

啪！扣環斷裂，隨著小貨車的翻轉，後車斗上的貨物跟著四散飛來。

休旅車好不容易停了下來，所有人在座位上被安全帶勒得又疼又麻，頭暈目眩，汪聿芃一刻都不敢稍停，她猛然抬首，看著不遠處那撞毀的車輛中，竟站著那個生病的女人！

小貨車的銀色貨物四散，全是細長銀桿，在汪聿芃眼裡那簡直像影片裡的慢動作一般，一根又直又細又尖銳的物體飛過生病的女人邊，她上挑的嘴裂得更開，右手上舉突然握住了飛過她臉旁的銀桿，然後狠狠的朝他們這裡拋了過來！

可以這樣的嗎？

「啊！」前頭傳來痛苦的聲音，南天正被安全氣囊壓得喘不過氣。

「唔……」童胤恒頭也撞到前方椅背，一陣噁心，「這是……」

「趴……趴下！趴下！」汪聿芃同時按開了她與童胤恒的安全帶，粗暴的扯著他往地板摔！

什麼？童胤恒耳鳴得厲害，頭暈直想吐，即使被汪聿芃的聲音嚇到卻也無法平衡，下一秒只感覺到自己墜落般的砸上地，摔上了一地的玻璃！

砰！又一聲如同安全氣囊爆開的聲響，一車的人全都意識不過來。

「唔！」童胤恒咬著牙，他左臉頰貼在地上，玻璃碎片扎得他發疼，睜開眼看著眼前的女孩，汪聿芃在他左手邊，右臉貼地向著他，臉上全是細密的割傷。

簡子芸沒了聲音，康晉翊好不容易才回過神來。

「大家……大家都沒事吧？」他腳一伸，卻踹到了地上的童胤恒，「童子軍？你怎麼在地上？」

還不只一個人？他錯愕看著地板上的兩個人，他們不是有繫安全帶嗎？怎麼還會摔下……當他看向童胤恒原本坐的那兩個空位時，卻傻了。

啪啪啪，前面的南天正努力的壓著安全氣囊，語氣帶著驚懼交加且氣急敗壞，「大家沒事吧？出聲啊你……厚！這個眞的很煩，要怎麼才能壓下去？」

附近的車主紛紛上前開始救援，一邊查看事故現場的人，尖叫聲及吆喝聲此起彼落！

「天哪！裡面的人都還好嗎？」有人重重拍著南天身旁的車門，他勉強豎起大姆指，至少他沒事！

「我被卡住了，司機大哥……」他使勁壓著安全氣囊向左邊喊，「有沒有刀子借一下，我想把這玩意兒刺……」

司機大哥，躺在駕駛座上，前頭的安全玻璃已被刺破，因爲一根銀色長達三公尺的銀桿尖銳物，自擋風玻璃刺穿而入，一路穿破了安全氣囊、再穿過司機大哥的胸口、刺穿他的椅背，再一路刺穿後頭連著兩張椅子，直抵汪聿芃的座位後方。

康晉翊看著穿過汪聿芃座椅的那根銀桿，尾端如此尖銳，鮮血正從上方緩速滴落，最可怕的是它穿透的位置，若是汪聿芃還坐在位子上，刺穿的只怕正是她的眼窩。

整根尖銳物是斜刺而入的，那像是從高處拋扔的拋物線，司機的心窩為高處，一路斜下，即使汪聿芃與童胤恒當下採取伏低姿態，也會穿過頭顱。

而偏偏他們跌下了地，完全閃避。

童胤恒撐起身子，回頭看著穿過他座椅中間的銀桿，錯愕到說不出話；康晉翊回頭則攙起倒在角落的簡子芸，她撞昏意識不明，身上除了被玻璃刮傷的傷口外，並無大礙。

路人攀著駕駛座跳上來解開車門鎖，其他人飛快的打開休旅車，憂心的探看車內的狀況。

「都能動嗎？不要亂動，有沒有骨折？」

「都是學生的樣子！還好嗎？」

這時的溫暖也掩蓋不了眾人內心的恐懼，首先被拉出去的南天，撫著發疼的胸口，看著刺穿在座位上的司機，忍不住痛哭失聲。

汪聿芃拎起背包自己下了車，她過度銳利的雙眼梭巡著人群中是否尚有生病的女人身影，童胤恒撫著頭暈的頭歪斜的走著，還是得有人攙扶才穩當，反胃感依然存在，他直想吐。

康晋翊緊抱著筆電最後一個下車，看著警車與救護車陸續趕到，展開救援與偵查。

「這是怎麼回事？」南天忍無可忍，上前扳過了康晋翊的肩頭，「你們是不是早知道什麼？」

「你知道的……今天的資料夾裡，是這個事故。」康晋翊有氣無力的說著，「我們原本以為我們完全沒有坐車的機會的。」

南天啞然，表哥說過的預知事故照片？

「既然你們早知道為什麼不阻止我租車？我們可以搭客運去啊！」南天不可思議，「你這是明知……司機大哥無辜啊！」

「你看電影嗎？越阻止即將發生的事，未來也會跟著改變的。」汪聿芃冷不防的抽走康晋翊手裡拿的筆電，「況且這張SD卡會一直變！」

「汪聿芃！」康晋翊緊張的回身抓住她，「妳做什麼!?」

「我要看！」她堅持的抓著筆電，「時間不對！我覺得影片變了！」

影片變了？

這是多令人心寒的答案，如果影片變了，是否回到南天昨天所說的加速進階期？

「不不不！這眞的太扯了！」南天支撐不住的抱頭，「不停改變的未來，根本措手不及……這就是表哥當初說的！」

「這句話也太可怕。」童胤恒一把抓過汪聿芃，「妳，不要急，這裡這麼多人，妳想捲多少人進去？」

汪聿芃痛苦的深呼吸，她在忍耐，因爲她心急如焚啊！

「等等有機會的，不急。」童胤恒看著休旅車，強忍悲傷，「至少今天的事過了。」

「我看見生病的女人了。」汪聿芃低頭斜眼看著地面，「她一路跟著我們，在影片的畫面開始前就跟著了。」

他沒看見，童胤恒朝著康晉翊搖頭示意，代表只有汪聿芃一個人見到了。

或許不是她有留意，而是只有「她」看得見。

他聽得見都市傳說，而汪聿芃是看得見都市傳說，看得比誰都多、也比任何人清楚，不知道是因爲思考模式或注意的地方與常人不同，或是她天生就異於常人。

至少當如月列車在月台上奔馳而過時，全世界就只有她看得見，甚至還看得

見列車上的夏天學長。

「同學！你們過來一下吧！」醫護人員都走來，「你雖然是小傷，但還是要檢查一下！那個你，每個傷口都要確認有沒有玻璃碎片卡在裡面！」

汪聿芃有點僵硬，她覺得碎片卡在傷口裡這個比較可怕。

大家魚貫上了救護車，簡子芸依然昏迷不醒，看著眼前一片狼籍，這場車禍至少造成十數輛車的追撞，死傷不知道幾人。

難道，就單純只是ＳＤ卡想要實現它影片的傑作嗎？

「我在猶豫，是不是要拿影像日記給你們了。」南天幽幽的開口，「都還沒到就出這種事，天曉得接下來還會發生什麼！」

「正因爲如此，我們才更需要影像日記。」康晉翊堅定的望著他，「越多資訊，我們才能避免這種事一再發生。」

隔著簡子芸的病床擔架，童胤恒無力的靠著牆，膝上擱著筆電，身邊汪聿芃視線始終鎖在上頭，她想立刻馬上打開來檢查。

「妳再看，筆電就要被妳的視線燒穿了。」童胤恒無奈的看向她，有些心疼的探視她滿是割傷的臉龐。

她歪著頭，任他的手指在她臉上輕撫，看著那些大小不一的割傷，事實上車禍當時都沒什麼感覺，反而是剛剛消毒時才痛得要命。

她其實就怕不看，萬一影片又變了怎麼辦？

這種自己隨時改寫的ＳＤ卡，眞的很討人厭哪！

車禍的影片變成一分三十秒，足足消失了三十秒時間，童胤恒只能慶幸汪聿芃看得見都市傳說，而且反應極快，否則他們就會跟司機大哥一起做串燒了。

影片的視線原本應該是汪聿芃的，但現在卻變成司機大哥的，因爲角度與位置正是他心窩；司機當場死亡，而他們的車也讓警方不解，計算著到底要多大的動能，才能讓遠在十公尺外的銀桿，刺穿這麼多東西。

當然可以啊，汪聿芃看得一清二楚，生病的女人根本是在擲標槍啊！

簡子芸只是暈過去而已，到醫院沒多久後便轉醒，所有人僅是皮肉傷，簡單做過筆錄與治療後，再一次由南天帶著他們，搭乘大眾運輸回到Ｋ市，取得數字男的筆電。

雖然對方家長有萬分不解，但南天努力向親戚解釋，這似乎是證實表哥沒有瘋的機會，因爲他才經歷了九死一生。

回到學校時大家都快累垮了，決定去吃路邊攤的平價牛排，非得好好的補足體力不可，儘管心中很想快點看到影像紀錄，但在影響食慾前，還是需要好好放

鬆。

位在十字路口轉角處的牛排攤生意興隆，在馬路邊還擺出了十張桌子，這裡雖有汽車行經，但不是主要幹道，攤販們向來都與車道爭位，習慣了。

「汪聿芃！」簡子芸語帶無奈，「妳不要吃飯還在看筆電！」

「啥？」她一邊切著牛排，一邊嚼著，筆電就擱在她左手邊。

她還特地挑了一個好位置，讓自己坐在角落，筆電面對著身後的水泥圍牆，這樣誰都不會被波及。

「妳是要看幾百次？」童胤恒受不了的蓋上筆電，「事情都發生了，也證實了少了三十秒！」

「我想看的不是這個。」她很想再把電腦掀開，童胤恒沒好氣的緊壓住電腦，「我想看是哪一秒變的！」

「那不重要！」童胤恒索性沒收筆電，說穿了這也不是她的啊，「先專心吃飽，再來思考ＳＤ卡的事。」

她顯得不是很情願，總有種風水輪流轉的感覺，前天是康晉翊、昨天是童子軍、今天是她的視角，每一天都是不同人的眼睛成了鏡頭，記錄人生本該的最後一刻。

本該。

南天沒有參與，因爲他必須去協助處理司機大哥的事，車子是他租的，道義上他該去殯儀館探望，還要陪同警方向家屬解釋狀況；自然，這也是潛意識的逃避，他不敢接觸數字男出事前遭遇了多離奇的事件。

小蛙跟蔡志友自然帶著康旭淳一起來吃大餐，他們可急死了，康旭淳看見康晉翊身上的包紮時，當場哭了起來。

「這有點奸耶，昨天看是兩分鐘，今天硬生生縮短到九十秒！這就算我們有看過影片也很難躲啊！」小蛙嘖嘖嘖的咬著肉塊，「眞的是隨便它改。」

「人家都市傳說你敢嘴？」蔡志友注意力放在另一台筆電，「一開始就是故意的，我覺得ＳＤ卡並沒有要讓你們躲過的意思。」

「爲什麼？」簡子芸有些失神，「我不懂ＳＤ卡的用意。」

「它不需要理由的，幽靈船收集人命不必理由也沒挑貨色、裂嘴女帶著剪刀出現在巷子口時也沒挑人啊。」康晉翊主動握住她的手，「子芸，去思考理由是白費工夫。」

「我知道你的意思，但是……你們有想過嗎？是什麼事情啓動了這張ＳＤ卡？又要怎麼停止？」這才是她在意的，「我們如果能找到這個規則，或許可以停止這張ＳＤ卡的循環。」

「不能刪除、也不能退卡，連丟掉它都會設法讓自己回來，這張卡目前是無

敵。」童胤恒早先想過了，「再者，我們沒勇氣把ＳＤ卡毀了。」

「不行不行，這風險太高了！」蔡志友立即反駁，「要是我啊，先不想這麼多，先把資料夾上的七天完成！第一天女人、第二天樓梯、第三天泳池、第四天捅刀、第五天車禍，眼看著再剩兩天就收工了啊！」

唉，小蛙忍不住翻了個白眼，「喂，第五天死傷多少你是有沒有看新聞？這事情越來越大條耶！」

「欸？」蔡志友有點尷尬，八死十一傷，這個連環追撞相當嚴重。

「小蛙顧慮得沒錯，現在我就怕為了要捲入我們，無所不用其極……」康晉翊難受得點著頭，「我想到就覺得很對不起司機大哥。」

無妄之災，莫過於此。

康旭淳在席間始終不發一語，一切都是他的錯，如果他沒有撿到那張ＳＤ卡，沒有好奇的放進筆電裡看，是不是這一切都沒事呢？

看著在醫院裡裹著石膏的嫻妤，差點溺死的弟弟，險些被捅身亡的童胤恒，再加上高速公路車禍這八條人命……他看新聞時，還有一個死者是一屍兩命啊！都是因爲他嗎？

「是不是……要我死了才會終結？」康旭淳終於，虛弱的道出心裡話，「誰撿的卡，誰負責？」

什麼？康晉翊連忙按住康旭淳肩，「你別亂說話啊，這什麼意志消沉的鬼話你都說得出來！」

「康哥，你想多了，這事情絕對不會因爲你怎樣就停止了！」簡子芸緊握著刀叉，「現在捲進來的還有我們幾個耶！」

呃……這句話說得在理，大家交換著眼神，如果是以死亡爲終點，難道是他們全都死透了才能終結嗎？

「假設眞的是要搞死你們，爲什麼？」小蛙才莫名其妙，「啊你女朋友不是沒死嗎？」

嗯？康旭淳一怔，對啊，嫻妤只是骨折而已！

「不過後面的事越做越過火是眞的，至少水男孩拽住我時是認眞的。」康晉翊嘶了聲，「對啊，到底是爲什麼要做這些事？」

鏗鏘聲響，童胤恒向左看著把刀叉擱在鐵盤上的汪聿芃，這傢伙還抹著嘴，「好了，我吃完了，請把筆電給我！」

蔡志友不禁皺眉，「喂，汪聿芃，妳亂什麼？」

「我要看影片啊！」她不耐煩的說著，「你們想的事情太複雜了，我現在只想知道影片的變化、明天會發生什麼事，還有數字男的影像日記！」

妳想的才難吧！每個人內心異口同聲，這三件是最費心神的好嗎！

「先讓她查今天的影片吧。汪聿芃，說好了先不要點明天的資料夾。」簡子芸交付筆電，「約好。」

汪聿芃認眞的看著她、看向筆電，遲疑再三的還是點了點頭，「好吧。」瞧她勉強的，但還是接過了筆電。

「有點渴，我去對面買飲料！」童胤恒話還沒說完，一桌子人各自點飲料，沒人在客氣的。

他沒問汪聿芃，反正她一定照舊，起身便往對面攤子去；牛排攤在轉角，飲料攤就在垂直巷口的轉角，算是斜對面吧，一個馬路再一間店面的距離；回來再跟老闆點個鐵板肉，老闆就會讓他們再坐久一點。

靠著路邊石牆的汪聿芃看著流暢的影片，一點定格或切斷都沒有，根本跟昨天看的影片不是同一支！

眞的很賊，這樣不停變化很有趣嗎？她冷冷笑著，關上影片視窗，背景便是SD卡資料夾。

啪，在收起的瞬間，映入汪聿芃眼簾卻是兩個檔案！

兩個。

這是今日日期的資料夾，裡面本來只有一個影片檔，昨天看時是兩分鐘長度的車禍前後影片，到插入眼睛的一片血紅爲止，後來變成九十秒的全新版本，完全記錄了司機大哥生前最後所見；然後在五秒鐘前，又多跑出一個影片檔。

汪聿芃沒有一刻猶豫，立即點開，影片照舊沒有聲音，而這個影片，只有十秒鐘。

刺眼的遠光燈，搖搖晃晃的車身，磅的擦撞到路邊的牆。

「啊！」汪聿芃驀地一骨碌站起，大喝一聲，同時啪的把筆電蓋上，下一秒衝出去了。

「什麼？」一桌子丈二金剛摸不著頭腦，康晉翊慌張的站起，汪聿芃是飛出去的吧！「汪聿芃！」

「怎麼回事？」簡子芸心慌的看向她剛蓋起的筆電，差一點就要掉下桌了，趕緊接住，心臟都要跳出心口。

遠方同時傳來刺耳的喇叭聲與尖叫聲，又讓她打了個寒顫！

「事情不對！」小蛙跟著跳起。

刀子滑出康旭淳的指間，康晉翊焦急的往後穩住哥哥，「哥，沒事，你坐著！」

磅！碰撞聲傳來，正在滑手機的童胤恒驚愕的回頭，看向聲音的來源，卻只有刺眼的遠光燈——

「呀——」

有尖叫聲傳來，他伸手掩住眼睛，還搞不清楚是怎麼回事！

「小心！」

磅！巨大的聲響震耳欲聾，童胤恒覺得自己有幾秒鐘陷入了無聲的境界，他甚至不知道自己發生了什麼事，刺眼的燈光不見，一陣旋轉與疼痛，而他人已躺在地上。

聲音開始由小變大，像是他耳邊有音量鈕，現在正逐漸調大聲……尖叫聲、混亂聲，最怕的是那未曾停止的喇叭聲——叭——！

他有些迷糊，看著眼下是柏油路，四周都是碎片，尤有甚者……在他正前方一公尺處，居然有個癱軟的小孩身影，蜷著身子背對他，但是手的位置……一看就知道是斷了。

「喝！」他嚇得欲撐起身子，才意識到他背上有人！「……汪聿芃！」

他扭了腰向後看，汪聿芃剛剛正抱著他，現下也吃力的撐坐起身，她覺得好痛喔，全身都痛。

「我的右手沒感覺了！」汪聿芃哀聲嘆氣的看著右掌心，眼淚在眼眶裡打轉，「痛，痛死了……」

童胤恒呆坐穩當，看著身邊的她，遲疑好幾秒才趕緊出聲，「爲什麼會……妳怎麼跑來了？」

到底發生什麼事？他倉皇失措的張望，他不是在等飲料……

飲料店？已經不在了！

那淺淺的店面外頭插了台自小客車，車頭凹陷，刺耳不絕的喇叭聲就是從裡頭傳出來的，飲料店的櫃檯、甚至裡面都已然消失，那台車完全撞進了小小的店面裡。

右邊翹起的輪子下，還有雙腳在抽搐，腳上穿著紅色的球鞋，跟剛剛站在他旁邊的那個女孩一樣……

「快救人啊！」附近的攤販、客人紛紛朝這裡聚攏，「車子下有人啊！」

「裡面的學生呢？」

汪聿芃鬆了一口氣，幽幽的看向飲料攤，「就差一秒。」

童胤恒不可思議的瞪圓了眼，不敢相信如果他剛剛繼續站在那裡……「妳救了我？天哪！汪聿芃，妳救了我！」

「幸好我跑得快。」她傷痕滿臉的露出笑意，「好了，我想快點離開，別又生出第三支影片。」

撐著童胤恒的肩頭想站起，她卻有些力不從心的又癱軟跪地……好累喔。

他反握住肩頭的小手，「妳剛說什麼？第三支影片？」

「汪聿芃！童子軍——」小蛙跟蔡志友驚恐的鬼吼鬼叫，「童子軍！」

汪聿芃仰起頭，望進他的雙眼。

「剛剛發生的一切，是突然誕生的第二支影片影像。」

只是影片裡沒有她罷了。

第八章 格式化

突然新增的影片，是造成康旭淳情緒崩潰的引爆點。

原本一天只會有一張照片或是影片，現在卻在重大連環車禍後、大家都認爲可平安度過今日之際，冷不防新增另一段十秒鐘的影片，一台搖搖晃晃的車子，高速擦撞最終失控衝進飲料店裡。

駕駛輕傷，酒駕至今未醒，飲料攤裡的三個工讀生全數當場死亡，因爲山下的店面都很淺，那台車高速衝進開到底，裡頭製作飲料的、櫃檯點餐的，甚至連一旁在等候飲料的客人也都傷重不治。

汪聿芃當時影片根本沒看完，她一看見開頭就認出是哪兒，又聽見不遠處的巨大碰撞聲，最重要的，是她看見了那個生病的女人，就站在馬路對面瞅著他們笑。

她知道車子從哪裡來，而童胤恒就在那個方向，衝出去時她都已經看見亮得要命的遠光燈，更坐實了她的想法，撲上童胤恒便往反方向摔。

幾乎在同時，那台酒駕的車撞進了飲料店裡，店內外無一倖免，沿路撞過來的攤商與客人分別輕重傷，但這些撞擊都未能讓駕駛減速。

早上渾身才被碎玻璃割傷，晚上是摔傷擦傷加銼傷，都是令人厭煩的輕傷，想到要再去醫院一趟就無力，只希望不要再有第三支影片，眞的沒有那個心臟應付。

轄區這麼大的案子，章警官自然現身，一見面直接叫他們閉嘴，他暫時不想聽，只要一個答案：「能避免嗎？」

他們沒辦法點頭也無法搖頭，這股沉默讓章警官心涼了一半。

治療結束回社辦時，已經快十點了，全體身心俱疲，社辦裡氣氛低迷。

「虧得汪聿芃堅持要看影片，」簡子芸看著他們平安回來，豆大的淚水就往下掉，「要不然如果我們都不知道，童子軍就已經出事了！」

童胤恒勉強苦笑，道謝的話已經跟汪聿芃說過了，若不是她是短跑冠軍，換作是小蛙衝來救他，只怕也救不了。

「多一個影片是整人嗎？爲什麼要這麼針對我們？」汪聿芃很不理解，「就撿張SD卡而已，不想被撿走，爲什麼不好好收著不要亂丟啊？」

嗯……康晉翊哀傷的看著她，這好像不是重點。

「小蛙跟蔡志友呢？讓他們回去了？」童胤恒坐下，他現在連坐下來都覺得痛苦。

「以防萬一的好，事情我會用文字跟他們說明，今晚的事件讓我覺得要有局外人比較妥當。」簡子芸調整情緒，汪聿芃救下童胤恒時她就深刻體悟。

深呼吸後，她把數字男的筆電推上茶几桌，「這個。」

「看了嗎？」汪聿芃扭開巨無霸可樂瓶，從醫院回來的路上買的，她現在非常需要可樂的慰藉。

康晉翊搖搖頭，這才開機，「總是要等你們。」

「我不要我不要！」康旭淳已經坐到角落去，背對著他們、背對著門口，「把筆電丟掉！不要再看了！」

汪聿芃望著那落漠恐懼的背影，倒杯可樂，遞了過去。

「康哥，喝點吧。」她拍拍他的肩，「你不要急啦，急也解決不了事情，平常心平常心！」

她說得雲淡風輕，簡子芸只覺得莞爾。

要是能雲淡風輕，康哥也不至於如此失控了，她完全能體會這種恐懼感，不知道有什麼會發生、不知道等等會有什麼或事情攻擊，一切只能以不變應萬變。

還有洋洋學長曾說過，要感受都市傳說，要樂在其中……嗯，這個修行他們還到不了，正在努力中。

接了電的筆電開完機，跳出的視窗卻是顯示密碼。

「之前就知道了，有密碼所以他們家開不了，但是……」康晉翊從康旭淳的筆電邊，抽出SD卡，「我哥提過他丟掉SD卡就開不了筆電，所以——」

「萬能鑰匙的概念啊！」童胤恒身子略穩向前，不自覺的緊繃著身子。

康晉翊挑了挑眉，現在是死馬當活馬醫嗎？

插卡進數字男的筆電裡，汪聿芃登回課桌椅邊，他們分坐兩邊，簡子芸是把筆電放在茶几尾端，背對著門口，省得鏡頭拍到一些無辜的路人學生。

不意外的，畫面跳動，出現了開始資料夾的畫面，根本不需要什麼密碼了。

康晉翊即刻滑動滑鼠，尋找所謂影音日記，不知道數字男會藏得多深，童胤恒看著運作中的筆電，果然是同一張ＳＤ卡嗎？車禍身亡後，是誰又傳遞了這張ＳＤ卡？

或是跟其他都市傳說一樣，隨時出現，隨時消失？

採用日期搜尋，數字男離世前幾天，很快的找到了零散的影像檔，康晉翊讓大家做好心理準備，不免擔憂的回頭看向哥哥。

「哥，要開始了。」

蜷縮的康旭淳沒說話，只是彎著腰，伏在自己大腿上。

按下播放鍵，出現的是數字男的大頭，臉上還有紗布。

『今天是第三天，我發現事情越來越可怕，那個女人真的就跟著我，她出現在現實生活裡，我房間！然後昨天照片裡出現的地面，就是我摔車看到的畫面！』他臉色很差，中間又說了一些摔車過程，『我剛打開明天的資料夾，又跟我昨天看的不一樣了！他馬的是影片！變成影片！這張卡到底想怎樣——』

他怒吼著，伸手按下暫停，緊接著畫面一黑，影片播放結束。

康晉翊早設了連續播放，所以沒兩秒後畫面再度亮起，一樣是數字男，但背景是在別的地方……廁所。

他臉色更難看了，眼窩凹陷，看上去睡眠不足。

『我刪了幾次檔案，刪不掉就是刪不掉……我剛看到影片裡那個男生在走廊上走，他還刻意回頭看我一眼，我保證那是在笑我！』數字男說著哭了起來，『我不知道該怎麼辦！我不想再去看資料夾裡的內容，但是我不看我要怎麼閃？我……那個不認識的女生，是我害她摔下去的……嗚嗚……』

他掩面哭了起來，雖然不知道發生了什麼事，但總之是他閃過了預知的災難，但別人沒有。

『我受夠了，我一定要結束這一切！』他哽咽的深呼吸，『我要格式化這張卡，讓它變成空白的！』

畫面黑去，影片停止，康晉翊跟著倒抽一口氣！

「不能格式化啊！」他激動的對筆電喊著。

「啤酒熊有在網路上喊過話嗎？」童胤恒覺得這點才莫名，「他跟他室友講根本沒用啊！數字男怎麼可能會知道？」

「誰會願意扯進這種事！更別說啤酒熊後來也遭遇不幸了！」簡子芸焦急的趨前，「他後面還有錄嗎？格式化之後會怎麼樣？」

格式化。

角落的康旭淳緩緩直起身子，是啊，他爲什麼沒有想到這招？如果不敢把ＳＤ卡折斷，那格式化莫不是一個辦法啊！

讓那張ＳＤ卡歸零，回到全新狀態！

康旭淳突然起身走了過來，眾人還有點疑惑之際，他伸手就搶筆電，再冷不防的抽起數字男筆電裡的ＳＤ卡！

「哥！」康晉翊嚇到了，驀地抓住他的手。

「我自己的事自己處理，不能再連累其他人了！」康旭淳低吼，「你們自己算算，到底已經連累了多少人！」

「嗯……我不覺得是我們連累了誰耶！爲什麼要這樣想？」汪聿芃完全不這麼認爲，「我覺得那是必然會發生的事，只是我們會被捲進去！」

童胤恒詫異的望向她，眞是好……好不一般的邏輯想法啊！

他們都認爲這張ＳＤ卡預告的事件就像是針對他們，所以他們若是逃過一劫，其他無辜者必是被牽連，康旭淳說得沒錯，他們的確連累了其他人啊！

不過，汪聿芃的想法是完全反過來了！

「汪聿芃，這明明是因爲我們，所以才傷及無辜啊！」簡子芸也不可思議，「車禍、或是今晚的事故，都十三條人命了！」

汪聿芃眉頭皺得更緊了，「太奇怪了，不是我們害小貨車翻車的不是嗎？是他們超車不當還有輪胎很平，再加上一堆人沒保持安全距離！晚上那個也不是我們讓他酒駕的，所以他本來就會肇事不是嗎？」

康晉翊突然覺得有幾分道理了，「是啊，翻車因輪胎平滑加超車不當，早晚會出事。」

「嗯啊，我們是陰錯陽差……或者刻意讓我們在現場的。」汪聿芃說得頭頭是道，滿足的喝了一大口可樂。

「不對啊，那爲什麼這麼剛好我們會到現場去？」童胤恒還是不以爲然，「社長到泳池、晚上我們去吃牛排，意外是繞著我們轉的。」

「嗯……」汪聿芃只沉吟兩秒，「說得也是！這樣說好了，我覺得意外本會發生，是發生的地點跟時刻可能因此改變罷了！」

就像小貨車的狀況遲早會出事，但變成他們在後方時翻車，酒駕的混帳或許本來會碾壓別條巷子，提前在他們所在的巷子出事；但這都改變不了「輪胎平滑並超車」及「酒駕」的事實。

簡子芸眉頭深鎖，「所以還是因我們……」

「就不是。」汪聿芃肯定的說著，「肇事者從來不是我們，我們只是被捲入、差點死亡，如果我們沒逃過，我們也不過是受害者之一。」

從頭到尾，都不是加害者，更沒有連累一說。

童胤恒大概能理解汪聿芃的意思了，但一般人、尤其是他們真的無法這樣思考，畢竟SD卡的一切，就真的是衝他們來的。

嗯？他看著對面的社長與副社長，突然意識到消失的人：康旭淳呢？

「康哥？」童胤恒立即站起，發現他躲回了自己的小角落。

「哎，哥！」康晉翊也才回神，「你在做什麼？SD卡給我！」

「這是我撿到的，不行！我必須負責到底！」康旭淳激動的喊著，手指在鍵盤上游動，「我一定得修正這個錯誤，我要……」

「這沒辦法修正的，我們只能見招拆招！」康旭淳匆匆趕到他身後去，瞥到了驚人的視窗，「哥！住手，前面有兩個人都說不可以格式化了！」

動手想搶筆電，康旭淳抱著筆電跳起，硬是閃開了弟弟的搶奪，「沒試怎麼知道！」

他失控咆哮，雙眼瘋狂暴怒，但手卻抖得嚴重。

「就已經有人試過了，對方特別交代著絕對不能格式化！」簡子芸慌亂的上前，「康哥，您冷靜，冷靜……已經有前人試驗失敗，會付出很可怕的代價的！」

「刪都刪不掉的SD卡，這就代表大有問題了不是嗎？」童胤恒試著往前，他也想阻止這種明知故犯的瘋狂！

「刪不掉有時是鎖住或程式，但誰都閃避不了格式化！」ＩＴ部門的康旭淳堅信不移，「別人說的事怎麼能盡信，說不定這就是解決事件的唯一辦法，說不定這是謠言，就是故意不讓我們嘗試！」

噠，康旭淳二話不說直接切按鈕。

「哥——」康晉翊驚恐的大叫著，「你做了什麼!?」

他撲上前去，但康旭淳已經順利得逞，他根本不會反抗，任弟弟上前搶過筆電查看，康晉翊搶過來時只看到藍BAR跑完，跳出了**「格式化完畢」**的視窗。

「哈……哈哈哈！你看！你們看！」康旭淳激動狂喜的指著筆電裡的資料夾，「沒了！所有檔案都沒了！」

真的假的？簡子芸揪著心口衝來，挨在康晉翊身邊看著螢幕裡的畫面，整個ＳＤ卡資料夾裡的檔案一個都不剩。

童胤恒欲趨前，汪聿芃卻主動伸手拉住了他。

「怎？」

「沒用的。」汪聿芃用下巴指了指教室另一邊的窗戶。

就在康晉翊他們身後那扇窗，生病的女人就站在那兒，笑看著他們，冷笑的嘴角發出了一聲尖笑：『嘻！』

唔！童胤恒一秒刺耳的摀住耳朵，那瞬間神經抽了一下，但確實是都市傳說的聲音！

帶著冰冷與嘲諷的笑意，她還在！

康晉翊跟簡子芸還在不可思議，康旭淳已經高聲歡呼了，「哈哈，我就說，我就說——」

「咦？」簡子芸突然顫了手指，指著螢幕，「等等！這是什麼？」

刷啦啦，資料夾如骨牌倒下般迅速出現，一個接著一個，日期堆疊整齊一排接一排，緊接著電腦自動跳出一堆視窗，在所有沒見過的資料夾裡，也都如飛瀑般落下了一整排帶有日期的新資料夾！

康晉翊瞠目結舌得說不出話，從他慘白的表情卻能讀出一二。

得意到一半的康旭淳狐疑回身，看見淚水直接從簡子芸的眼角滑出，她痛苦的別過頭去，不知道是生氣還是害怕的縮起雙肩，緊握飽拳的發抖。

「爲什麼不聽！」她忍不住的對著康旭淳怒吼，「已經有犧牲者告訴我們不能格式化了，這種珍貴的資訊好不容易擁有，你就一定要去破壞它？」

「不是都沒了嗎？」康旭淳才不解，瞪向康晉翊。

他連話都懶得說了，一臉哀莫大於心死的把筆電塞回自己哥哥懷裡，順勢抽回ＳＤ卡，攙著簡子芸一同回到茶几邊；汪聿芃正機靈的爲大家斟滿可樂，這時候喝甜的好，眞的！

童胤恒謹慎的坐下，對面兩個人臉色鐵青，康晉翊咬著牙把ＳＤ卡插回數字男的筆電裡，不發一語。

「副社？」他很想知道。

「ＳＤ卡產生了十四個資料夾，從他撿到的那天算起，變成十四天。」簡子芸也是咬著牙說著，「然後ＳＤ卡自動把那十四個資料夾，複製在那台筆電的所有的資料夾裡。」

一個文件夾裡有幾十個資料夾！連程式都有，凡是筆電裡的「資料夾」下方，都會有那十四個檔案。

康旭淳呆站在原地，無法言語，康晉翊不忍也無法苛責，遇上這種事，哥哥難以承受也是自然。

數字男的筆電恢復，他找到下一個影片檔，ENTER。

『哈哈哈……哈哈哈！我眞是太蠢了！不能格式化！它會無性增長一倍！』數字男失心瘋的狂笑著，『我怎麼這麼蠢，刪都刪不掉會讓你格式化？我格了兩次，現在是二十一個資料夾，我要撐過二十一天！』

下一秒，他整張臉湊近了鏡頭，『爲什麼要故意讓人撿那張ＳＤ卡啊啊啊啊——』

畫面再次暗去。

「這個影片隔了三天了。」康晉翊注意到日期，「他沒有每天錄。」

下一個影片亮起，呆坐著削瘦的數字男，他好憔悴，像是十幾天沒有睡一般，眼周都是紅黑色的，眼白盡是血絲，一臉魂不附體的模樣。

看著鏡頭的雙眼無神，只有帶著瘋狂的笑意。

『六個人，有六人在我四周……我不管他們在哪裡，反正他們來到這個世界。』他有氣無力的唸著，『一切都跟影片裡一樣，我逃過一天又一天，影片隨時在變化，還會增加，我快撐不下去了……二十一天，哈哈，哈哈哈，哈哈哈哈……』

他一個人在鏡頭前狂笑著，笑著笑著淚水滑下臉龐，又笑又哭到很激動，但是從哭聲中，可以聽得到絕望。

影片很長，他哭了好幾分鐘後，突然平緩下來。

『絕對不要相信ＳＤ卡顯示的內容，它愛變就變，這是對我想除掉它的懲罰吧！走在路上隨時都要注意……可能輕傷，可能重傷，它才不管你。我不知道是否能撐到二十一天，能不能解脫？但是我會盡量活下去。今天是……第十二天，我今天打算不看影片，然後死都不出門。』

這是第十二天，他是在第十三天時離開的。

死於一場意外衝撞的車禍，在距他家非常遠的咖啡廳裡，他還是出了門!?

「格式化的懲罰。」汪聿芃明顯的向左後瞥了康旭淳一眼，「一張ＳＤ卡連報應都生得出來啊！」

康晉翊承認他怒不可遏，但是無法對哥哥生氣。

「好了，現在想這也都多餘，事情會發生就是會發生。」簡子芸心裡也很沉重，「十四天，我們可以的。」

明明已經第五天了！童胤恒心裡想的是這點，只要再熬兩天說不定會有轉機，現在卻一下增加到十四天！

簡子芸暗示康晉翊去跟他哥溝通一下，她已經厭倦做那個溫柔的中間人。木已成舟，不管他多懊悔，什麼都來不及了。

「哥，這就是我說的，只能面對。」康晉翊讓他坐下，簡子芸刻意離開，好讓他們兄弟坐在一起。

即使資料夾已複製進整台電腦，筆電一開啟卻是**「請插入ＳＤ卡」**的視窗。好傲驕的ＳＤ卡喔！汪聿芃咕噥著，童胤恒還是將ＳＤ卡插入卡槽，筆電才得以使用。

資料夾跳出，他們沒有遲疑的選擇了明天日期的資料夾。

又是一個影片，但現在這似乎已經不能信了，天曉得會出現幾個影片？

打開影片，這次的影片很短，居然只有五秒鐘，畫面極為搖晃，天旋地轉，緊接著便是急速的墜下——墜樓！

循環重播，又是搖晃的鏡頭，落下……這樓很高啊，掉下去必死無疑吧？

「一開始的旋轉是搖晃加頭上腳下，那個人可能剛好不穩的掉下去……或翻牆？」簡子芸研判著，「這至少十層樓高，但速度好快。」

康旭淳驀地主動接手，在影片播放中按下暫停。

畫面勉強清楚，可以看見旋轉間的視角。

「啊啊，那是三角大樓！」康旭淳突然驚恐的喊著，「是公立醫院的正對面！」

「醫院？」康晉翊登時圓了雙眼，「嫻妤姐？」

第九章 措手不及

這天的資料夾沒有在誕生任何的新檔案，每個人都繃緊神經，所幸隔天是星期日不必上課，所以康晉翊跟簡子芸一組，陪同康旭淳去醫院看顧他女友；大家想出的辦法就是輪班，一刻也不讓宋嫻好離開視線。

所以康旭淳耗了一整晚跟女友解釋這件事，結果自然是越解釋越糟糕，一般人難以接受這種事，還是一張ＳＤ卡造成的事故，這誰能相信？

最後是爭執吵架，宋嫻妤還說了心底話，她對於摔下樓那天，男友明明親眼所見，卻跑去洗手間，她果然耿耿於懷。

康晉翊沒有心思去管他們小倆口吵架的事，他只在意著房間那位晃來晃去的女人，只是很奇怪，他一整天都沒見著她，這晚也沒有出現；但是每一次汪聿芃見到她的時刻，他們卻又沒有一個人看得見。

會不會又是只有汪聿芃瞧得見的情況呢？可是這也說不通，因爲之前連南天都見過她啊！

突然看不到只是讓人更加心慌而已，這夜康晉翊依然睡睡醒醒，不安得難以入眠。

簡子芸也一夜未寢，她除了編輯這個ＳＤ卡的都市傳說外，也列出了所有特點，以及嘗試可能的解決方法，可是歷經今天格式化後的懲罰性變化後，她懷疑自己是否有那個勇氣，再去挑戰破解它。

它就像個有自主意識的有機體，隨心所欲的製造、改變檔案。

「學長！我們很認真！」站在醫院的走廊上，康晉翊分貝難掩高昂。

誰叫電話那頭的聲音實在太過雀躍，而且老提一些冒險的方法。

『我也很認真啊！』電話那頭的聲音壓得很低，『你們就是找機會問那個病重的女人。』

「她會告訴我們才怪……不是，學長，你知道那是誰嗎？那是個從照片走出來的女人啊！」康晉翊越說越激動，還得讓身邊的簡子芸提醒他小聲。

她聽不見電話那頭的聲音，但單方面從康晉翊的反應看來，學長似乎是要他們直接去問生病的女人了……問都市傳說似乎最快，但是她是傷害他們的人，接近豈不是自投羅網？

『所以呢？問她最準啊！你們那麼多人耶！我們先禮後兵，有禮貌的請教她，不行的話，只好來硬的了！』

「……」康晉翊連反駁都懶了，現在是要學小靜學姐，直接抓她來毒打一頓，嚴刑拷打嗎？

『如果她還是不說的話，那我們只好對付主人了！』

「那是張ＳＤ卡。」康晉翊很想知道，學長要怎麼對付它，「而且我剛說了刪不掉，格式化會更糟。」

『爲什麼你們都一直想著抹除它呢？如果是我們啊，會試著溝通！』

「學長，你這個建議很沒說服力，最好你們以前都是用溝通的。」康晉翊沒好氣的扯著嘴角，「我們從向日葵開始算——」

『我個人是支持溫和派，我跟夏天都是喔！每次動手的都是小靜。』這聲音聽起來很無辜，『還有很多次我們也都是身不由己，但我們會試著去找中間的問題點，順著都市傳說的脈絡走。』

「學長，我們現在每天光是爲了預防事情發生都心力交瘁了。」康晉翊很是無力，「我們也只能照著脈絡走，因爲誰也不知道何時會發生事情、或是它又新增什麼！」

在格式化的懲罰前，影片就會突然新增了，更何況哥哥冒險格式化後，說不定會有更殘酷的事情發生。

『那查看影片有沒有什麼線索？它是什麼前提下觸發改變？或是爲什麼新增加影片或照片？當然，我還是覺得那些從影片或照片出來的人是個很好用的線索。』

他們爲什麼能出來？爲什麼出來？出來後能再進去嗎？就單純因爲影片或照片的內容在現實生活中發生，所以他們就可以變成眞的嗎？

康晉翊消化著字句，「我知道了，我會去想的。」

『社長，不要想太多，一味的抵抗是很累的！』那聲音輕快得其實有點討人厭，『我說過，要樂在其中，想著都市傳說會怎麼發生，該怎麼發生，順其自然！』

「……我修行眞的還沒到那裡，學長。」康晉翊有氣無力，尤其昨天遭遇了兩場車禍，第一場的驚心動魄，第二場的措手不及，那震撼得很難令人『樂在其中』。

切斷電話，把手機還給簡子芸。

「洋洋學長……好像還是一派樂天。」簡子芸苦笑著，「他可能覺得我們太ㄍㄧㄥ了吧！」

「要達到他跟夏天學長的境地，眞的很難……我也很喜歡都市傳說，但是我會畏懼它的變化與無邏輯，不過學長們似乎沒有畏懼這個選項。」

「我記得學長他們說過還是會怕，但興奮之情蓋過了一切。」簡子芸歪了嘴，「我也很喜歡都市傳說，遇到也是很興奮，尤其這次ＳＤ卡的都市傳說，之前沒人發現過耶！但是發生的一切讓我頭皮發麻。」

康晉翊瞥了她一眼，「妳房間如果出現那個女人才叫毛，完全不知道她想幹嘛！」

喲！簡子芸顫了身子，雞皮疙瘩顆顆立起，「別說了，想到我就覺得可怕。」

「我們先去買東西吧，我哥現在在病房裡哄著嫻妤姐。」兩個人決定從樓梯走去醫院的販賣部，「童子軍那邊不知道順利嗎？」

「南天有點不想回我們，他也很矛盾吧，既害怕又想知道自己親人當時發生什麼事！」簡子芸一邊查看手機，「不過昨天的車禍應該讓他嚇得不輕，他一早傳訊來說應該派個代表去給司機大哥上香，就知道他很在意了。」

「只好讓童子軍去了，汪聿芃又說今天有事。」康晉翊嘆了口氣，司機大哥眞的枉死。

簡子芸滿心惆悵，昨天那血跡斑斑的現場，閉起眼都還看得見。

兩個人從七樓往一樓的販賣部走去，病房裡的男女朋友倒是低氣壓，不管康旭淳提出了多少實證，連康晉翊都來佐證了，宋嫻妤依然是一副半信半疑的模樣。

「妳影片都看了，爲什麼不信我？」

站在窗邊往外看，康旭淳默默計算著高度，這裡跟影片不太一樣。

噠噠，病床上無法動彈的女人敲著鍵盤，不停的重播暫停那五秒鐘的畫面，「我說眞的，單憑這鏡頭晃得亂七八糟的五秒，你們就認爲會是我？」

「看過ＳＤ卡的人，只有妳在醫院。」康旭淳心急如焚的拖拉椅子到床邊，

「宋嫻妤，我們不是發瘋，妳自己也知道角度就是這棟樓！」

「我知道。」宋嫻妤眉頭始終緊蹙，「但你在說很詭異的事！」

「妳摔下樓梯的照片妳也看過了，那是妳的指甲妳的手。」

她深吸了一口氣，她的確看了第二天的照片，下方那隻出現兩根指甲的手，的確與她的凝膠指甲一模一樣……樓層、角度都是。

「我知道！」她別開了眼神，「只是我理智上很難接受！都市傳說、或是什麼SD卡會自己新增檔案？連影片照片都是它自己生成的？」

康旭淳望著她，實在已經解釋到厭倦，逕自搖搖頭，伸手握住她擱在被上的手，代表一種誠心。

宋嫻妤覺得自己是矛盾的，她覺得一張SD卡主宰他人命運是件很扯的事，刪不掉還不能格式化什麼的，這種事太扯！但是看見她摔下樓梯那張照片時，卻又有點渾身發冷，她是第一個看見那張照片的人，連她都沒有留意到最下方那兩根指頭。

如果這一切都是眞的，那麼……她看著今天資料夾裡的影片檔，這五秒的影片，又是在說她嗎？她會從頂樓掉下去？是有沒有這麼倒楣？

重點是，她骨折。

「你們有想過嗎？我根本連下這張床都有問題，」宋嫻妤啪的又按了一次ENTER

鍵，「我是要怎麼上頂樓？」

她失聲笑出，這男人跟那些學生是不是反應過度了……咦？正低著首的康旭淳跟著一怔，瞄向吊在半空中的石膏腳，對！嫻妤骨折，她怎麼能上去頂樓？難道會有人把她從病床上架上輪椅，再運到頂樓推下去嗎？

「咦？旭淳，影片變了！」床上的女人驚呼出聲，「跟剛剛那個不一樣了！」什麼!?影片變了!?康旭淳激動的趕緊湊上前去，筆電在被子上搖搖晃晃，但影片裡的畫面倒是清晰異常。

鏡頭前是一大群人，全部背對著鏡頭，鏡頭忽然上移，看見的是電梯上的數字，正自6樓往下，6、5、3……沒有4？

「醫院！這裡是醫院！」對啊，那個電梯模樣，牆邊是大理石紋的牆，就是這間醫院，「晉翊！」

康旭淳立刻抓起手機，打給弟弟，卻在響了一輪之後，才想起康晉翊的手機陣亡中！撥給簡子芸時，影片裡的電梯門開了，一群人魚貫而入，鏡頭的視角也一起進去，明顯的有個女孩站到了鏡頭前，步入向右，當她在電梯裡轉過身時，切切實實的就是簡子芸！

然後，鏡頭跟著轉身，從鏡子裡他看見了康晉翊，還有——晉翊的視角！

「那是誰？」宋嫻妤指著角落一個怪異色澤的女人，下意識的不舒服。

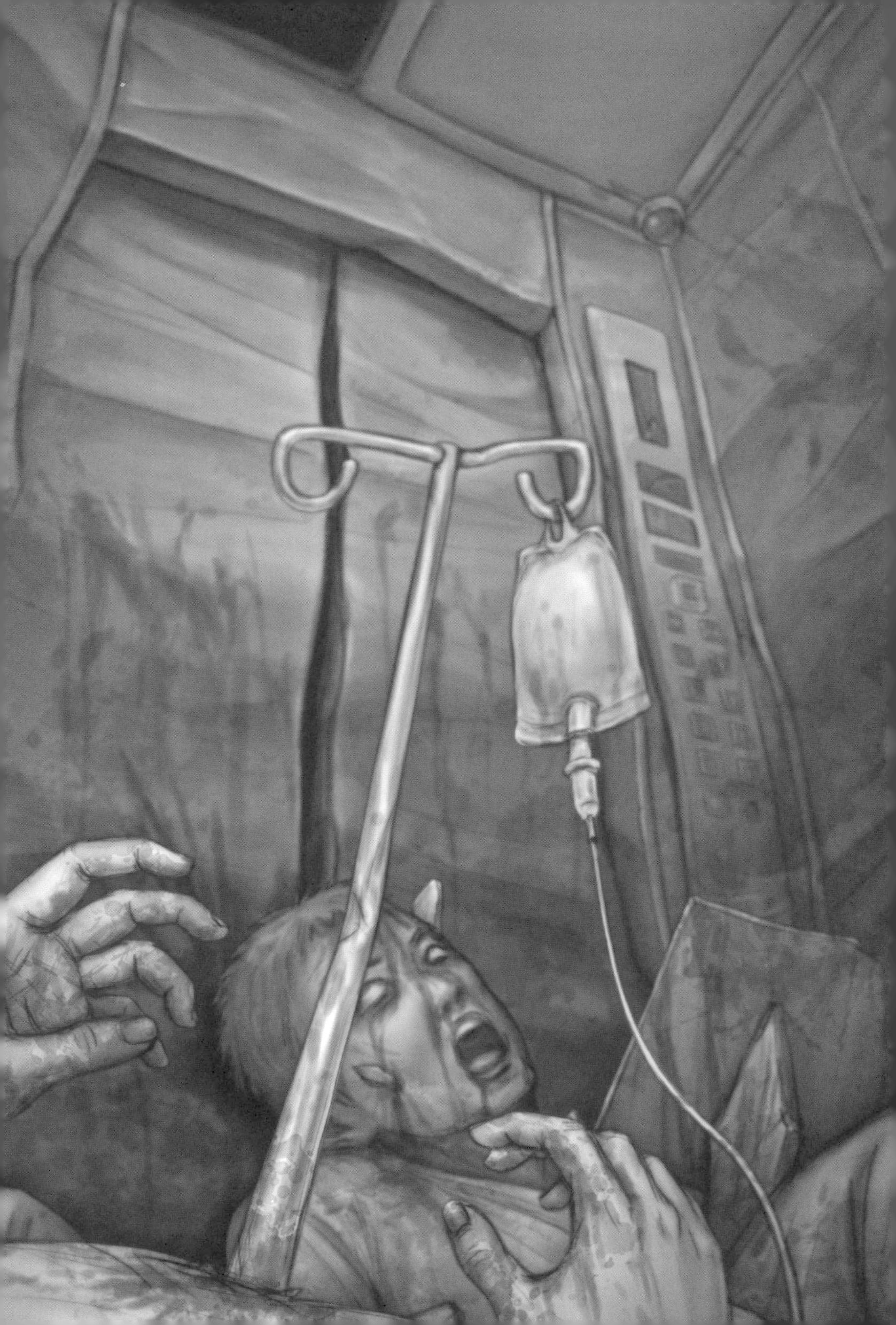

突兀於人群中，整個人呈咖啡色調，臉有一部分平面似的亮光，以及其散發出令人不安的氛圍。

下一秒，電梯忽地暗去，重新亮起緊急備用燈，接著一陣震盪——電梯墜落了。

鏡頭開始劇烈亂晃，一下子是牆一下是人一下子是地板。

「喂？」簡子芸接起電話時，後肩正被康晉翊輕柔的推著，往電梯裡擠去，「康哥？」

『不要搭電梯！絕對不要——』康旭淳激動的喊著，『離開電梯！』

沒有聲音的影片裡，血與鏡子同時迸破四散，還有不知誰的點滴架，正穿過鏡頭前方的胸膛。

咦？簡子芸已然轉正，一旁的康晉翊疑惑的瞧著她，電梯門緩緩關上——「等一下！」

她焦急大喊著，康晉翊想伸手擋住電梯門，但是他也站在裡面，根本來不及——啪咚！外頭及時插進一隻手，闔起的電梯門震顫一秒，電梯門被迫使打開。

「出來！」門外的男孩壓著電梯感應處，朝他們吆喝。

蔡志友！又驚又喜的兩人沒有多說話，康晉翊一路抱歉的衝出電梯，手上緊

緊牽著簡子芸，她手裡依然握著手機，有些反應不及。

「不好意思啊！」蔡志友朝電梯裡的人頷首致謝，連忙把康晉翊他們推到一旁，以免擋住通道，「還好吧？」

「你怎麼……在這裡？」康晉翊才驚訝咧。

「局外人啊！」蔡志友得意的挑起嘴角，「所以剛剛是爲了什麼要離開電梯？忘了買什麼嗎？」

康晉翊搖著頭，一時無法解釋，朝簡子芸拿過手機，「哥！」

病床上的宋嫻妤用發顫的手把影片關掉，驚恐莫名的看向男友。

她突然信了，什麼都信了。

「所以……」宋嫻妤開始哽咽，「等等醫院的電梯會、會出事嗎？」

「我不知道……」康旭淳腦子有點茫然，「晉翊，你們在哪？」

「我們離開電梯了，就差幾秒……眞的只有幾秒！」康晉翊感激的看向蔡志友，如果不是他及時擋下電梯，只怕已經來不及了。

簡子芸回身看著那台電梯，穩當的往上走，「電梯會出事嗎？我們應該要警告大家的！」

她這才想到卻已經來不及了，電梯究竟會出什麼事？

「再打開一次！看一下哪一樓！」康旭淳焦急的讓宋嫻妤照做，她一點都不想看，點開影片後，逕把筆電轉向康旭淳，讓他自己瞧！

「看見哪一樓也來不及的！」康晉翊悲傷的看著往上的電梯，他們就算跑上去，又能做些什麼？「……子芸，童子軍會不會也在坐電梯，確定是我們這班嗎？」

「確定！鏡子裡是你們，還有那個女人……不！不不不！」康旭淳突然失控大叫，「影片又變了！電梯畫面不見了！這是……是月台，是地鐵站！」

地鐵，簡子芸登時倒抽一口氣，「童胤恒！童子軍去找南天，他要搭地鐵到殯儀館，時間是……」

她慌亂的在醫院裡找著鐘，現在他只怕在移動中！

康晉翊立刻切掉手機，直接撥給童胤恒，並且一路往宋嫻妤的病房衝去，只有一支電話眞的太麻煩了！身後的蔡志友第一時間也跟著狂撥電話，三個人在樓梯上奔跑著。

「影片不再新增，而是一直變化嗎？這太可怕了！」簡子芸在後頭跟著大步跨上樓梯，「如果那張ＳＤ卡願意，它可以就像現在每十秒編輯一次，我們連一小時都撐不過去！」

她既激動又忿怒的哭喊著，或許引起路人些許側目，但沒人會在意他人。

「喂！童子軍！不管你在哪裡！遠離月台！」一接通，康晉翊即刻沒頭沒腦

的大吼。

「噓！」護理師探頭而出，「醫院不要喧譁！」

這種時候誰理她啊！康晉翊衝進宋嫻妤的病房裡，那兒的康旭淳正跪坐在床邊，用盈滿恐懼的眼神，不可思議的看著自己筆電裡的全新影片。

日期是今天，只有一個影片，卻不過五秒的光景，就從電梯墜樓變成了月台景色，一台高速行駛、過站不停的高速列車即將經過，警示燈閃呀閃的，鏡頭紋風不動。

然後，對面月台上站著一個看板女人，不，是那個生病的女人！

「什麼？」童胤恒才剛過閘門，有些不明白，「我才剛進站，還沒到月台咧！我正準備轉車。」

鏡頭突然踉蹌不穩的往前，同時間右手邊列車急速衝來，啪的在它們接觸的瞬間，讓整個月台炸開了一大片血花。

康晉翊趕到時剛巧看到最後一幕，簡子芸跟著在後方尖叫。

「別靠近月台，千萬別靠近……」康晉翊滿是手汗，抓著手機都覺困難，「否則你會被推下去的。」

童胤恒戛然止步，這警告眞是有效，「我基本上要下兩層才會到月台……是說，影片變了嗎？」

簡子芸抓了手機下來，直接按擴音，一雙眼盯著再播放一次的畫面，這個影片有三十秒。

「何止是變了，剛剛康哥突然打給我們，叫我們別進電梯，我跟康晉翊最後一秒才逃出來……」簡子芸的口吻難掩激動，「然後他再開同一個檔案的影片，居然變成月台了！」

電梯！蔡志友立即主動往外走去，如果電梯會出事，那外面應該要有騷動了才對啊！

簡子芸緊咬著唇，看著影片裡那撞出血花的瞬間，那是特快車，小站不停的，因爲時速極快，月台都會很早很早之前就廣播加警示，以防乘客被風速捲進去。

童胤恒有些詫異，正坐著電扶梯下樓，「這太卑鄙了！」

「你的月台，是不是會有高速列車經過？過站不停？」簡子芸從影片裡尋得蛛絲馬跡，「而且那個生病的女人就在對面月台，依然是看板質感的衝著你笑，你是看得見的！」

「我沒有很想看見。」童胤恒停下腳步，遠遠的看著自己月台上的燈號，「沒錯，下一班是兩分鐘後會抵達的高速列車，已經警告很多回了，警示燈整條都在閃，所有人均遠離月台邊。」

蔡志友輕鬆自若的走回來，正式向康旭淳他們打招呼，然後雙手豎起大姆指，外面根本什麼事都沒有。

「千萬……千萬不要靠近。」簡子芸也鬆了一口氣，「天哪！電梯沒事，電梯沒有出事。」

頹然癱坐在地板，她眞的嚇出一身冷汗。

宋嫻妤厭惡的要康旭淳把筆電拿走，這事情太可怕了，短短幾分鐘內發生這樣的變化，心臟根本承受不住！康旭淳趕緊抱過筆電，眼看著也快沒電了，暫時蓋上蓋子搬回小桌上，接上電源線。

「我現在站在電扶梯正下方，距離月台有五公尺遠，跟你們看的視角一樣嗎？」童胤恒一邊說著，一邊左顧右盼，他現在突然很希望都市傳說能聊聊天，好讓他聽得到蛛絲馬跡。

因爲他在月台對面沒看見那生病的女人。

「好，我看。」簡子芸起身，坐到椅子上去，挪正筆電後重新打開，「你不要移動啊。」

「放心好了，我希望影片不要變成有人從電扶梯上摔下來，那我一定會被砸到。」他打趣的說著，誰讓簡子芸的聲線好緊繃。

簡子芸輕笑出聲，「煩耶你！還有幾分鐘？」

「我這角度看不見列車，但時刻表寫的是一分鐘後。」童胤恒忽地聽見左上方的騷動，不由得朝電扶梯上看去。

電扶梯上突然出現一大群自助旅行者，大量的行李箱出現，站在電扶梯出入口的他有點尷尬，不得不移動身子；後面一波又一波人上前喊借過，他被迫往旁移動，但是腹地太小，跟著因爲人與行李箱的數量，他變得必須再往前幾步，離開電扶梯下方的空間，以免擋路。

「時間差有點久啊，剛剛我打給你們時，你們正進入電梯對吧？」康旭淳鎖著眉，「但現在這個童子軍同學，人才剛到月台？」

「這種事不一定，昨天車禍是前一天預告，但晚上的事故卻只在幾秒間。」康晉翊瞪著那張ＳＤ卡看，一切都看它高興。

童胤恒那邊變得人聲鼎沸，有點嘈雜，還有一堆不好意思跟借過，聽起來是有一大群人，背景音樂還是那高分貝的警告音，鐺鐺鐺。

「對不起！」又有一個從他右方撞上，童胤恒再度往前了幾步。

有些不太高興的回首看了對方一眼，從旁再讓出一條路，因爲大家必須退後，這群人加上行李箱，讓月台變得更狹窄了！

蹙著眉正首往前，卻突然看見了隔著軌道的對面月台，出現了再熟悉不過的「看板女郎」！

生病的女人！童胤恒驚愕得倒抽一口氣，才想對手機裡的人們說些什麼，背後左右兩邊同時各有人衝撞上來！

咦?他被這麼一撞，右腳絆卡，身體跟著踉蹌往前，隨之感受到強勁風速襲來，列車即將到了！

月台對面的長髮女人仍然維持與照片一樣的笑容與表情，帶著一種得意。

「童子軍！」一股力量突然拽住了他的手，緊接著圈他的身體就往後拖，高速列車急速駛過，捲起來的風都讓人覺得快被列車吸過去！

聽得驚恐的聲音與風聲呼嘯，病房裡的眾人都涼了半截，「怎麼回事!?童子軍！」康晉翊緊張的高喊著！

風極度強勁的刮過，隨著列車遠去而漸熄，童胤恒歪著身子根本是靠在某人身上，右腳伸得老長，曲著的左腳抵著地面，雙眼直盯著對面月台，那已然消失不見的「看板女郎」。

月台上恢復熱絡，旅客們終於得以有寬廣的位子移動，絲毫沒有人注意到剛剛差點跌出去的他，可以說……如果他剛眞的往前跌去，加之列車一來，他可能就眞的會被捲進去了。

「你是怎樣?站都不會站喔?」後方的人終於把他扶穩，「嚇死人了!」

童胤恒瞪圓雙眼，愣愣的轉頭看著他，「小蛙?」

小蛙？簡子芸詫異的看向在門口的蔡志友，他一臉悠哉悠哉的勾起嘴角，又豎起了大姆指。

「你怎麼會在這裡？」童胤恒驚魂未定，有些錯愕。

「跟著啊！蔡志友應該在社長那邊！」小蛙說得一派輕鬆，「反正我們不能看SD卡內容，SD卡也捲不進我們，那我們就跟著隨時救援！」

局外人有局外人的用處啊！

「厚……厚！」康晉翊聲音鬆懈而忍不住笑了起來，「眞有你們的！十分鐘內被你們救兩輪了！」

「這也是副社的提醒！我跟小蛙算是這次的不確定因素吧！」蔡志友聳了聳肩，「童子軍，活著厚？」

「活著！」他看著手裡的手機，失聲而笑，「謝了！」

由衷誠懇的感謝，小蛙立刻回他神經病，拍拍他的背，居然旋身離去。

童胤恒想叫住他，他卻揮揮手，直接朝著另一邊的人群裡塞進去，「小蛙？」

「童子軍，他們不宜跟著我們。」康晉翊邊說，一邊目送蔡志友離去。

變數，必須在不經意之間。

這是簡子芸在群組裡提到的，那天汪聿芃救下童子軍時，她就有所體悟，而蔡志友與小蛙全盤吸收，發揚光大，打算做救援部隊。簡子芸抹去眼角的淚，有點激動，這算是喜極而泣吧！默默關掉影片檔，看著資料夾裡那唯一的檔案，欣喜之餘她卻還是難掩憂心。

「十分鐘內說改就改，這根本是連環攻擊。」她幽幽的看著影片，「我們能怎麼辦？」

「會再變嗎？」童胤恒靠著就近的柱子，等待著下一班屬於自己的列車，「是不是要盯著影片？」

「再變？剛剛就是你的……」簡子芸遲疑的重新點開影片，「剛剛一直輪播好幾遍，都是被列車撞上的鏡頭……」

縮圖畫面明明是停在與列車相撞的瞬間，那滿是鮮血的畫面，但影片檔重新開啓時，鏡頭立刻變成一瓶鋁箔包的可爾必思，從澎澎包逐漸縮成乾癟。

鏡頭前是他們再熟悉不過的地方，兩旁均有樓層，磚紅色的外牆建築，還有特殊的鋼鐵造景，夜晚來臨時點燈，整棟大樓會變成一個大書架，外頭的鋼管連同燈飾，便是一本又一本的書！

簡子芸傻住了，呆晌的望著——鏡頭在顫動，活像跟著音樂在打節拍似的，然後居然轉過身，下一秒一骨碌竟撐上了牆頭，坐在女兒牆上！

「圖書大樓!?」康晉翊忍不住驚呼出聲，「爲什麼是我們學校的圖書大樓？」

在這一瞬間，童胤恒覺得理智斷了線。

今天，爲什麼只有他一個人前去上香？因爲汪聿芃報名了小小圖書員的義工，今天她要負責帶領小朋友熟悉圖書館及使用方式，所以她無法陪著他前往。

而她，會在圖書大樓！

「呀——掉下去了！」簡子芸驀地尖叫，鏡頭畫面明顯的震顫，像是被推了一把似的，直接就摔下樓了！

「汪聿芃……汪聿芃今天是圖書館義工！」康晉翊眞的覺得快虛脫了，「童子軍，汪……童子軍？」

康晉翊意識到手機那頭早沒了聲音，螢幕顯示早已斷線。

童胤恒三步併作兩步的衝上樓，就怕地下收訊不良，立即撥給遠在學校的汪聿芃！

「啦啦啦！」

踩上椅子，戴著耳機聽音樂，汪聿芃愉快的坐上圖書館六樓的牆頭，不是她膽子大，是因爲圖書館這區牆頭超寬，足足有三十公分寬，坐上去根本沒什麼大不了。

她把可爾必思的鋁箔包壓扁，往一旁的花台裡暫放，走廊上每幾步就一個長方型花盆，外頭是造型鋼架，盆裡面種滿了三色菫，只要一枯萎學校就會很有錢的整盆換掉。

隨著音樂打著節拍，牆頭上的汪聿芃伸了個懶腰——電話驀地打斷音樂，她皺眉伸手按下耳機上的鈕，就在這瞬間，背後一股力道直接推了她！

但汪聿芃在早前一秒先回過了身，反手抓住了推她下樓的手——長髮女人就站在牆邊，略帶詫異的看著自己被拽拉的手，接著因著汪聿芃的墜落拉扯，跟著趴上牆頭！

汪聿芃紮紮實實的抓住了女人的衣袖，這麼近，她可以清楚的看見女人的臉……真的超亮，只看得見右眼跟右邊嘴角，其他部分是亮黃色的詭異，趴在牆頭的她低著頭，長髮跟著流洩而下！

『汪聿芃！不要靠近牆邊！聽見了沒？』耳機裡傳來童胤恒慌亂的叫喊聲，『妳會被推下去的！』

已經被推下去了啦！

汪聿芃緊抓著女人的衣服，另一手改抓住她的長髮，使勁拽拉著！女人的表情遽變，這是她第一次看見女人除了照片裡的模樣之外，出現其他表情。

但是整個人變得有點……像是相片畫素不足的模樣，逐漸格狀，表情身形都有些模糊。

『我、沒、有、生、病！』她咬著牙說，但嘴角還是維持那副令人厭惡的笑意，聽起來很不爽啊。

遠在十數公里外的童胤恒突然一陣劇痛，不支得往一旁的鐵架倒去，都市傳說的聲音？女人在說話！

汪聿芃聽見東西墜落的聲音，聽起來很像手機掉落，汪聿芃雙腳踩在外牆上，拉著女人的頭髮輕易的往上爬。

女人伸手想推她，但是頭髮上掛著汪聿芃的她，只能拼命抵著牆頭，阻止自己快翻出去的身體，趴著之際，卻赫然發現汪聿芃的腰間曾幾何時繫了繩子！繩子不長，但也有一公尺的長度，一端繫在她腰上的皮帶上，另一端勾在花盆的鋼架上頭，腰間用綁住的外套遮掩。

「我早就看到妳了！鬼鬼祟祟的傢伙！」汪聿芃刻意將力量往下扯，迫使女人半身都探出外牆，「你們到底想怎樣？如果主人很在意，那我們可以歸還ＳＤ卡啊！」

『啊啊啊——』女人大吼著，咬牙瞪向汪聿芃，與此同時，汪聿芃突然感覺到雙掌間抓住的頭髮開始斷裂鬆開。

「不會吧，妳又要掉頭髮了？」她看狀況有異，不再浪費時間，再度用力扯著她的頭髮當支點，踏著牆爬回六樓。

剛被抓的長髮絲絲落地，人都快翻出去的女人一擊牆頭就要直起身——『我沒有生病！』

汪聿芃哪敢猶豫，她一跳回走廊，第一件事就是抓起那黑七抹烏的腳，直接往牆外扔出去。

『啊……啊啊啊——』

天哪！童胤恒整個人都跪上地板了，頭好痛！這是誰的慘叫聲？

留意到的路人紛紛上前，關心的詢問他怎麼了？這看上去高大健壯的男同學，怎麼臉色這麼難看？

但卻在某一剎那，僵硬的身子得到舒緩，頭疼感驟然褪去，童胤恒全身的氣力像被抽離般，終於鬆了一口氣，無力的雙手撐上地面，全身都被冷汗浸濕。

呼……呼……他撫向頭部，他覺得好像被一堆針在腦子裡攪似的。

「同學？你還好嗎？」站務人員果然上來關切。

童胤恒虛弱的伸手示意沒事，他只是需要休息一下，在原地待著就好……他旋了身子，身旁冰冷的牆就是電扶梯的基座，轉個身背貼著躺下，希望不會影響到用路人的動線。

「……汪聿芃？回答我。」手指泛白，顫抖的拿起未曾斷線的手機。

電話那頭沒有人說話，不過雜音倒是不少，聽起來很像某人在伸展的聲音，「嗚……嘿唷！還是很痛！」

「汪聿芃？聽見了嗎？不要靠近走廊女兒牆。」童胤恒繼續交代，「社長說影片第三次變化，是有人從圖書大樓摔下去。」

「是啊，已經摔了。」汪聿芃扶著腰，解開繩子，就算有繩子勾著但瞬間的力量還是扯得她腰部很疼，「我現在要下樓去看看她剩下什麼！」

癱坐在地上的童胤恒有些不明白，握著手機發愣，站務人員依然在旁，不放心的要請他去休息。

「什麼意思？誰摔下去了？」他忽地直起身子，「妳剛就在走廊上嗎？」

「我一早就看見她跟著我了，放心，我把她推下去了。」這聲音超輕快，滿懷期待！「欸，叫社長打開第一天的照片好不好？」

她好想好想知道，是不是又是一張開不了的照片檔呢？

童胤恒連哇塞都說不出來，腦袋一片空白，剛剛那個可怕的慘叫聲：是那個生病的女人？

「童子軍！還行嗎？」小蛙再度出現，憂心的拉起他。

「謝了。」童胤恒攬著他肩頭，只是暫時使不上力，「給我個十分鐘。」

手機已直接被掛斷，那頭的汪聿芃拆掉繩子，重新穿好外套，很乖巧順手拿走可爾必思的空盒。

一大早就走來走去，當她瞎了嗎？

「喂，副社，我是汪聿芃！」她興奮的打給簡子芸，「可以幫我看一下第一

天的資料夾嗎？再開一次生病女人的照片！」

還不知道狀況的簡子芸都還來不及問她是否安好，就收到了怪異的要求，不過聽她的聲音，應該是沒什麼事了。

影片剛剛暫停，她試著再按一次，卻如同檔案損壞的延遲播放，兩秒後直接跳出**「檔案已損毀」**的字樣。

「妳剛做了什麼？今天的影片損壞了！」康晉翊驚呼連連。

「又不能保證沒有第二個第三個！」汪聿芃倒沒這麼樂觀，「快點先幫我看第一天的嘛！」

第一天？簡子芸將影片播放檔關閉，調出第一天的資料夾，康旭淳與那個女人第一次碰面的時刻。

沒有縮圖畫面，依然是圖片檔，有的只是一種莫名的圖像，在看見的瞬間他們都已經心裡有底，因爲那跟水男孩那天的檔案一模一樣！

在校園裡的汪聿芃來到了圖書大樓下方，那應該是她本來會墜落的地方，地上剩下的，只有一大把一大把的黑色長髮。

滑鼠連點兩下，跳出的視窗不負眾望——

「檔案已損毀」。

汪聿芃，殺了那個生病……長髮的女人。

第十章
全面防堵

水男孩的事件結束後，汪聿芃就在盤算了，如果照片及影片裡跑出來的人也會死，死掉代表檔案損毀，那麼生病的女人應該也可以如法炮製吧？

他們是ＳＤ卡、是一個資料，這樣想就不會覺得像自己在殺人了！她只是「人工刪除」了一個檔案。

這一天，ＳＤ卡沒有再新增任何影片或照片，雖然大家依然戰戰兢兢，不過就是沒有再發生任何事情。

不過點開隔天的資料夾完全空白，這像是暴風雨前的寧靜。

女人不在了，康家兄弟倆大大鬆了一口氣，周遭也的確沒有長髮落下，康旭淳說想在醫院陪伴女友，她隔天出院，就怕會有萬一；康晉翊還是要哥哥小心，便與簡子芸一同離開。

童胤恒與小蛙順利上香，並與南天會面，最後大家回到學校附近吃飯，汪聿芃義工結束後也悠哉悠哉赴約。

小巧的身影還沒走上二樓，就抬頭看見趴在上方樓梯旁的童胤恒，淨瞅著她笑。

「怎麼啦？」她也泛起笑顏，「你笑得這麼奇怪！」

「妳連都市傳說都敢殺啊？」童胤恒其實是打從心底佩服的，「反應怎麼能這麼快？」

汪聿芃綻開笑顏，還有點不好意思呢，「你先殺掉水男孩的！還說我！我可是因為你先幹掉他，我才在考慮解決掉她呢！」

趴在欄杆上的童胤恒站起，眼底都是笑意，對於汪聿芃，那是種無奈又欣賞，「我打給妳時她就在了嗎？」

「嗯，她那天頻繁出現，我早注意到她了，我比你們看得更多記得嗎？」她開心的走近他，分享著今天最激勵人心的事，「我本來就喜歡爬牆頭，也想著給人家一個機會，但是我在腰上綁了童軍繩，只是以防萬一，結果──我一接起電話就被推下去了。」

哇！童胤恒有些詫異，「沒給我們幾秒的反應時間啊。」

「嗯啊，但我知道她在，所以回身就拉住她，一起往樓下拖，反正我有繩子！」她得意的拍拍腰際，「我扯著她的頭髮爬回去，然後立刻抱住她的腳，就把她丟下樓了！」

「嗨！」簡子芸掛著尷尬的笑走來，對著樓梯邊「打情罵俏」的兩位咬牙低語，「我說，殺人這種事，是不是不必講這麼大聲？」

喔？喔喔喔！童胤恒這才意識到，整個二樓的其他客人，都用一種惶恐的眼神看著他們！

「啊，所以妳醬子就可以破關了嗎？」童胤恒趕緊把話題引到遊戲去。

「嗄？」汪聿芃根本反應不過來，簡子芸索性上前，直接把她往桌邊拖。

他們約烤肉吃到飽，壓力越大情況下就會越想飽餐一頓，雖然永遠不知道SD卡下一招會出什麼，但爲此坐困愁城也不是辦法！不如像郭學長說的，順勢而爲。

「嗨，」汪聿芃好奇的張望，「沒見到蔡志友？」

「他說有事，知道我們跟大家會面後就走了。」康晉翊倒是有點在意，「神神祕祕的，不知道在幹嘛。」

「說不定也想到什麼，反正他是局外人。」她開心的坐下，「好餓喔！」

「生病的女人推得下去？」小蛙超好奇的，趨前低聲問著。

「水男孩都捅的死了。」她眨了眨眼，「可是我覺得速度要快吧，不然他們隨時都會消失！」

「就……過程中有什麼異樣嗎？」康晉翊謹愼的問。

「她畫質變很差，格狀又模糊。」汪聿芃夾起盤內烤好的肉片，剛剛大家都有留給她，「說不定是照片要銷毀前的過程。」

果然是檔案啊，被刪除前的最後掙扎嗎？

南天把肉再擱上網架，若有所思，「你們看過我表哥的影像日記了，有解嗎？」

「他沒有解決啊，但他讓我們知道變化這件事，可能是無時無刻，至少給了我們有足夠的心理準備，今天也才會分散行動——」簡子芸微笑的看向小蛙，「還多虧局外人的幫助。」

小蛙得意的挑了挑眉，拿可樂當酒敬一下，咕嚕咕嚕灌下。

「所以要耗到什麼時候？我表哥那時就十二天……」他用力深呼吸，「所以，我可以說，表哥的那種意外，不是意外嗎？」

「不，他是意外。」康晉翊肯定的回應，「只是你表哥剛好在那裡，或者可以這樣說，人生隨時都有意外，但意外會繞著你表哥身邊發生。」

「去年那場意外，不是也證實了是卡車的爆胎，再加上煞車系統出問題，所以才釀成災禍。」簡子芸瞥了正在烤肉的汪聿芃一眼，「早晚都會出事，但某種力量讓意外發生在那時，針對你表哥。」

童胤恒突然想到什麼，「照你們這樣說，醫院的電梯是不是……」

康晉翊會心一笑，「我跟簡子芸今天離開前，有去跟醫院說，我們聽見電梯有奇怪的聲音了！」

如果橫豎會有墜落的機會，他們閃過了這次，但不代表未來不會發生。

「童子軍的高速列車……啊那個自己沒閃好本來就會衰。」小蛙厭煩的唸著，「這種事很煩耶，好像全世界的意外都突然爆發，然後每根神經都要繃緊！」

「所以我表哥在去世前，每天都有遇到事情……但我那時就是覺得他怪怪的，根本不想理，我很差勁！」

「方便讓我們知道他傳了什麼給你嗎？除了抱怨外，有沒有求救訊息？」簡子芸客氣的詢問。

如果有求救，說不定表示數字男發現了什麼，需要外援。

因爲他們是一整個社團，即使捲進四個人，還有小蛙跟蔡志友可以當外援，與孤立無援的數字男不同。

「沒有，他就是一直重複說那張ＳＤ卡很可怕，他明天會被東西砸到，後天會被車撞到，或是哪邊會失火……啊，那個女人好像想殺他。」南天這兩天複習了去年保存下的訊息，「然後說他犯了錯，他不該格式化那張ＳＤ卡。」

「這個他有影像日記，結果沒有用。」汪聿芃滿嘴食物的說著，「康哥都沒在聽人家講話，只聽見格式化三個字就跟我們搶電腦，把ＳＤ卡格掉了！」

南天夾著花椰菜手震了一下，不可思議的看向坐在最外邊的汪聿芃，「你們格式化了？我表哥不是……」

康晉翊低下頭，這點他不方便評判，簡子芸也是尷尬笑著，遇到失控的人就是如此，即使之前就已經收到警告，但——

「那時康哥情緒逼近崩潰，他只想結束這一切。」童胤恒客氣的回應著，

「我們無法阻止他，只能面對結果。」

「結果是？」

「我們是猜啦，是不是ＳＤ卡那七天資料夾我們看完、度過後就沒事了，就差兩天、差兩天——登愣！」汪聿芃還做了一個誇張的手勢，「就變十四天了。」

「喂外星女，我怎麼不覺得妳也覺得害怕啊！」小蛙沒好氣的唸著。

「害怕沒用啊，其實我還在想，搞不好七天到了，ＳＤ卡想新增就新增，我們不是天天要閃？」汪聿芃誇張的嘆了一口氣，「我啊，開始煩了！我全身都痛……今天腰被拉住也很痛！」

我們都覺得很厭煩啊，誰喜歡遇到這種事啊！

「啊，所以我表哥後來有傳訊給我，提及不想再看隔天的資料夾。」南天有些惆悵，「原來是這樣的想法……」

不看，就不會畏懼嗎？假裝不知道明天會發生什麼事，安穩正常的度過？

「明知道會出事，卻不去留意，這好像……」童胤恒不太能理解，「這樣有辦法心安嗎？」

「這會更害怕吧！」康晉翊也覺得不安，「像今天多次事情，就是因為知道才能解決！」

「其實也不一定，像ＳＤ卡這樣說換就換影片，不然就是新增檔案，我們不一定每次都能應付啊！」汪聿芃倒是抱持不同想法，「我倒覺得像數字男那樣不錯，再加上外援更踏實！」

有個外人在，隨時阻止。

「但這也不是長久之計啦，是要耗到什麼時候？」小蛙搖搖頭，「今天一天我就覺得很累了，你們撐了六天也眞強！而且我跟蔡志友都有打工，明天就不可能這樣玩了。」

「所以啊，我有個想法……噢噢，我的牛小排！」她愉悅的夾肉翻面，看著肉汁溢出，雙眼閃閃發光。

桌子兩邊的人互看一眼，「妳又想什麼？」

只見汪聿芃認眞的先跟童胤恒要鹽巴，喀啦喀啦的灑上牛肉，這才滿足的抬起頭。

「學長不是說要溝通嗎？」她笑了起來，「我們啊，就來編輯影片吧！」

既然ＳＤ卡已經主動把檔案都複製進電腦裡了，那麼要編輯影片也就容易多了吧！雖然汪聿芃檢查過ＳＤ卡沒有鎖，但她很懷疑移動複製檔案的可能性。

「妳認真的嗎？」童胤恒盯著汪聿芃問，雖然他覺得根本白問。

「嗯！很認真啊！」她又是手拿一杯飲料，「把影片編成我們想要的就好了嘛！」

康旭淳的筆電擱在桌上，剛回來打開明天的資料夾，依然空無一物，所以大家都在等待。

「我覺得好可怕！」門邊的簡子芸搓著雙臂，「這幾天遇到的事都還沒這麼令我發毛，但現在妳說要編輯影片我整個就……雞皮疙瘩冒不停啊！」

「不會啦，哪有它說什就是什麼的道理，學長不是說嗎？溝通！順勢！」她滑鼠移動著，完全沒開ＳＤ卡的畫面，「來載個……試用版好了。」

簡子芸不安的看向也走來走去的康晉翊，他打從心底覺得不妥，因爲汪聿芃想的方法不只是想刪除或解決檔案這麼簡單，她根本是在挑釁都市傳說吧！

「學長是這樣說的嗎？」他喃喃唸著，「順勢而爲是這個意思？」

他很後悔轉達洋洋學長的話，爲什麼他聽起來跟汪聿芃聽起來差別這麼大！

「是啊，既然都是跟著影片發生，那爲什麼我們不能編輯成我們想要的影片……啊！」汪聿芃靈機一動，轉向裡頭的童胤恒，「還是乾脆我們自己拍一部？」

……童胤恒默默的看著她，連不要鬧了這三個字都說不出來。

「這是可行的嗎？編輯影片？」南天跟來了，也是眉頭深鎖，「我覺得格式化ＳＤ卡就可以不爽成這樣，編輯它的……智慧財產權好像不太好。」

汪聿芃根本沒在聽，開心的下載影片編輯程式。

「童子軍！」簡子芸示意童胤恒勸說啊，他搖搖頭，因爲他知道再怎麼說，汪聿芃都聽不進去。

她已經想到她要的東西，不讓她試，她是不會罷休的。

奔跑聲響起，簡子芸緊張的往教室裡退，康晉翊倒是往外一瞥，意外的看見蔡志友。

「這麼晚還跑來？」

「說件事，我今天去查的！」蔡志友邊說，留意到南天，頷了首，「我說我東西掉了，請地鐵站人員幫我找監視器，就找康哥撿到ＳＤ卡那天。」

咦？康晉翊有點訝異，「盯車廂嗎？」

「對，我趁空問過康哥，大概哪個車廂，他也不確定，只能隨口說個方位，我就照他說的找。」蔡志友有些氣喘吁吁，順了氣才繼續開口，「那張ＳＤ卡，一整天都在那裡。」

「什麼意思？」

「不只那一班車，前一班、前前一班車，不同的列車上，同一個車廂同一個

座位，都有那張ＳＤ卡。」

「……不是，你怎麼可能看得見？哥說那插在椅子跟椅子間的縫隙裡！ＳＤ卡這麼小，怎麼可能看得到？」康晉翊搖著頭，而且不只哥哥坐的那班車？

「因爲都有人看到，他們都有拿起來看，後來放回去！」蔡志友再深入解釋著，「一直到你哥撿走那張卡後，就再也沒有出現類似的動作了！」

因爲卡被撿走了。

南天突然睜圓雙眼，緩緩的往前，「我表哥說他是在咖啡廳撿到的，放在桌上的餐具盒邊，他連著好幾天去都看見，感覺沒人要，他就拿回家看了！」

簡子芸抽口氣，「蔡志友，啤酒熊呢？他有提過在哪裡撿到的嗎？」

「也是在咖啡廳簡餐店之類的地方，他撿過又放回去，但隔幾天發現東西還在才拿走的！」第一次拿回去時，啤酒熊跟室友炫耀過，還是室友叫他還回去的！只是隔好幾天ＳＤ卡還是在那兒，他覺得可惜，終究還是撿回去。

ＳＤ卡始終都在，就等誰拿走了它。

「關鍵在插卡嗎？」童胤恒看著康旭淳的筆電，「撿走是一回事，插卡、點開資料夾才是關鍵。」

康晉翊緊繃著身子，「從打開那個女人的照片開始……」

點開，看一眼，那個女人就從照片的世界，來到了現實，開始讓事情按照

ＳＤ卡裡的一切成眞。

「意思是說，我們不要點開明天的資料夾……就會沒事嗎？」蔡志友狐疑的問，「南天，你表哥有哪一天沒開嗎？」

南天搖搖頭，基本上不點開的人是奇葩吧！不然撿回來做什麼？

「他的確想過這個方法。」

「我要編輯影片了喔！」汪聿芃突然出聲，「閒雜人等，速速退散！」

「作法啊妳！」童胤恒沒好氣的說著，朝蔡志友看去，「謝謝你們今天的幫助。」

蔡志友交代著有事LINE、沒事也要LINE。

南天心情沉重，他也不願意見到這些人受一張ＳＤ卡的折磨。

「我回去會盡量回想，表哥還有跟我說過什麼，他的筆電你們也可以找一下，說不定還有線索。」臨走前，他跟康晉翊保證。

「謝了。」康晉翊笑得憔悴，畢竟數日無眠。

關上社辦的門時，簡子芸覺得自己指節都在發冷，憂心忡忡的看向坐在茶几前的汪聿芃，她的手邊也擺著掃把，童胤恒默默的守在她左前方一公尺處，每個人其實都呈現高度警戒狀態。

汪聿芃打開程式，隨意挑著ＳＤ卡複製進的資料夾……嗯，不要，先從

SD卡裡的檔案改起吧！

她點開SD卡的資料夾，硬拖了昨天的車禍影片要編輯，視窗立即跳出**「此檔案不適用」**。

「眞不意外。」山不轉路轉，她從電腦裡的資料夾裡，拖曳影片進編輯區。

「妳打算怎麼改？」連康晉翊都不敢站在她身後，還是坐在她對面。

「直接把車禍的部分刪掉。」她默默說著，尋找時間軸。

簡子芸微蹙眉，「等等，妳這樣做也改變不了事實啊，車禍已經發生了，要改……應該是修改尚未發生的事吧！」

嗯？對啊！汪聿芃覺得有點懊惱，「但是沒有未發生的事讓我改啊！」

畫面切回SD卡資料夾，再點一次明天的資料夾，一個影片檔赫然在眼前！

連點開都沒有，汪聿芃直接把這個影片檔拖進了影片編輯裡，才開始按下播放！

「怎麼了嗎？」簡子芸禁不住好奇的往前，因爲誰也看不見汪聿芃的動作。

「明天的影片出來了。」她從容的說著，其他人聞言一怔，旋即跳了起來！

「什麼！？」

她怎麼可以這麼鎮定啦！大家趕忙跑到她身後看去，影片裡是一片黑，汪聿芃檢視著時間軸，這個影片有五分鐘耶！

「我移動時間軸快轉。」她說著，她滑鼠拉動時間軸開始，影片裡黑暗的部分非常久，直到某個小瞬間。

「停！前面！有一點點光。」童胤恒留意到模糊的光影，雖然很暗，但還是有光。

時間軸移動，再次播放。

果然在一片漆黑中，有微弱的光從中間出現，但一秒又暗去，再一秒又亮起，鏡頭視野細長狹窄，像……像是有人睜眼！

對！這個人在眨眼！

四周漆黑一片，擺動幾下後來人終於半睜了眼，下一秒檯燈驟亮——啪！一個人影倏地就站在床邊，是一個高瘦的男人，手上拿著靠墊似的東西，瞬間就壓了上來！

畫面再度黑去，連震動都感受不到，影片終了。

簡子芸啞然，嚇得發抖，「那是什麼意思？睡夢中？那個人在睡夢中闖進屋子裡？天哪！又一次？」

又一次，是因爲之前簡子芸曾遇上屍體娃娃來找她當伴，躺在床上的她，敢受到另一個人爬上她的床，那種經驗一次就夠了，誰想要第二次！

「我的天哪！現在是直接近身攻擊了嗎？」康晉翊也嚥了口口水，「視野那麼狹窄，看得出誰家嗎？」

前面的黑暗是因爲當事者在睡覺，緩緩睜眼或許聽到聲音，人在轉醒時總是意識不清，睡眼惺忪，所以什麼都不清楚，更別說一室昏暗。

或許是急了，或許是感覺不對，所以開了燈。

燈一亮，眼睛都還沒適應光亮，竟就有一個人站在床頭，抓著墊子，就著臉直接壓了下來！

汪聿芃時間軸定格，選擇慢速播放0.1倍。

「最好這樣還看不出來！」她冷著臉，看著慢速播放，光線眞的很差，粒子也很粗，人的視線有這麼爛嗎？

不是以視角當作——咦？汪聿芃突然端正身子，那個枕頭！

「那是我椅子上的靠墊！」汪聿芃張大了嘴，「那是限量版的！我排很久耶！他怎麼可以亂拿我的限量版！」

嗯……那個……是重點嗎？

汪聿芃即刻動手，拖進了另一個影片，然後直接留下前面五秒，後面的全部一鍵刪除——DELETE。

影片在眨眼間眞的刪除了！汪聿芃把剛拖進來的影片接上去，按下播放，立

刻變成五秒鐘的黑暗，接上……嗯，輕軌車廂裡的影片。

「這什麼？」童胤恒不解的問。

「我今天在路上拍的，手機擱著隨便它拍。」汪聿芃餘音未落，影片突然開始LAG。

本該是車廂裡的畫面開始產生扭曲波紋，而且越來越大片、越來越嚴重，終於影片編輯軟體跳出了問題視窗，要求閃退。

「小心點。」童胤恒不安的開始留心四周，淨是令人不快的氛圍。

汪聿芃重新再打開編輯程式，此時剛剛明明重剪的影片，卻成了破碎狀的畫面，她移動的時間軸，卻赫然在第五秒，也就是她剪片之處，出現了不該有的對話框。

她可還沒上任何字幕啊！

『還沒結束。』

「汪聿芃？這妳打的嗎？」康晉翊發冷的看著定格的字幕。

汪聿芃搖了搖頭，即刻編輯字幕，在後面插入了自己想要打的字：『有完沒完？』

童胤恒愣了一下，「喂！客氣一點吧。」

「爲什麼？他們沒有多客氣啊！」她嘟起嘴，的確不太爽。

影片破碎且LAG播放，每一幕都拖到十秒如此漫長，卡卡的影片裡逐漸慢速的出現一行字：

『不許編輯未來……』

『不許影響我們的未來。』汪聿芃打字比自體產生的字還快，一點都沒有退讓的意思。

『事情……不會了的……你們打開了我……們。』

「什麼鬼？」汪聿芃看著字幕，卻冷不防突然按下儲存，同時輸出影片。

咦？簡子芸留意到她用鍵盤下指令，動作行雲流水到說不定連ＳＤ卡都沒來得及反應！

她直接把剪輯的影片存成一個新影片了！

「哇塞，妳眞夠敢的！」童胤恒雖然佩服，但卻極度不安，「這超挑釁的啦！」

汪聿芃哪管那麼多，她才不喜歡坐以待斃的感覺！

「那也要存得進ＳＤ卡再說！」簡子芸提醒著，連格式化都無法成功，還想複製？取代？

只是跳回資料夾裡時，她剛另存新檔的影片居然蕩然無存！剩下的竟是一張照片檔！

「怎麼回事？」汪聿芃拼命尋找她剛編輯的影片，卻完全找不到。

但問題是，原本夜半會在她房間的影片也消失了，只有一個空白的資料夾；但回到今天日期的資料夾裡，卻只剩一張照片！

「我眞覺得這是捋虎鬚的行爲！」康晉翊嚴肅的擰眉，「好了！先看那張照片吧！」

照片打開，赫然發現有五個男女站在石板大道上，臉上昏暗不明，透著附近窗戶的光略見一角，一字排開的同時瞪著鏡頭瞧。

簡子芸當下倒抽一口氣，她倏地往門邊衝去，唰地打開社辦大門！

五個人影，果然就站在社辦外的石板大道上，用陰鷙的眼神瞪著她！

「該死！」康晉翊這才恍然大悟，「有照片都不能點，他們會透過我們點開的渠道過來！」

童胤恒跟汪聿芃也一道兒走到門口，看著石板子路上瞪著他們的五個人，心裡眞是說不出的不暢快。

「一口氣五個，也太狠了吧！」汪聿芃沒好氣的看著他們，「早知道就不點開了！」

「早知道的事情太多了，而且不點開會怕出事吧！」康晉翊忙把大家往屋裡拉，將門給關上，「現在有五個從都市傳說出來的人……天哪！究竟想做什

麼？」

「看來ＳＤ卡卯起勁來，要把我們一網打盡了……」簡子芸憂心忡忡說，對於如何停止一切，手足無措。

童胤恒突然意識到什麼似的，趕緊再跑到筆電邊，照片關掉的同時，見到的卻是資料夾裡突然跑出的另一段影片。

「我就知道……」

汪聿芃編輯影片的行爲惹惱了ＳＤ卡，這根本是活生生的挑釁，居然想要編輯、改變它生成的內容！

「咦？又新增了！好高的效率喔！」汪聿芃從旁邊一滑，坐回了筆電前。

「不要讚美好嗎！」童胤恒朝門邊走去，「今天又新增影片了，先鎖門吧！」

他難得這麼嚴肅，聲線相當緊張，就怕影片顯示外面那五個突然一起衝上來。

「影片？」簡子芸趕緊把門鎖好，「都已經幾點了？我以爲至少今天是平安的！」

「都出現新生代了，應該是不爽汪聿芃編輯影片吧！」康晉翊爲求以防萬一，多拖了兩張椅子抵住門。

汪聿芃逕自點開影片，看見的卻是與眼前一模一樣的場景——一台筆電？筆電裡映著ＳＤ卡的資料夾與正在播放影片的畫面，而影片裡也是同樣的一台筆電！

這是照鏡子嗎？咦？汪聿芃不等影片播完立即定格，看著影片的畫面中，螢幕反射出來正在看影片的人，還有後面的——

唰——一雙手驀地自後方套前，手上的繩子直接往她頸子勒，汪聿芃千鈞一髮之際伸出左手擋住頸子，人因爲被勒向後，跟著慌亂踉蹌的站起身，椅子磅的向後倒去！

瘦高的男人雙手持著繩子，正在汪聿芃身後意圖勒死她！

「哇！汪聿芃！」簡子芸嚇傻了，爲什麼關起門來的社辦裡會出現不速之客!?

汪聿芃左手肘整個貼在頸子前，男人的繩子無法完全勒住她脖子，但依然把她往後拖曳，童胤恒焦急抓過手邊的另一張課桌椅，朝著那男人拋扔，三分球必進的他，準頭根本沒話說，椅子正中男人的頭，完全沒砸向汪聿芃！

男人向旁踉蹌兩步，手抖然一鬆，就這瞬間便足以讓汪聿芃掙開！

她右手繞握住繩子的另一端，原地旋身向外轉開，與高瘦男人分別拉著一根繩子對峙著！

「這個訓練小靜學姐操我好幾次了，你動作還沒學姐快啦！」汪聿芃把繩子往手上多轉兩圈，死盯著不速之客。

男人臉上一陣灰暗，又是一個看板人的外表，不對的色澤與平面感，他的左手仍舊死拉著繩子，一邊看向與他拉鋸的汪聿芃，同時留意到蓄勢待發的童胤恒，甚至是意圖移動的康晉翊與簡子芸。

男人使勁拉過繩子，汪聿芃更用力的扯回，誰知他竟放開繩子，反作用力迫使汪聿芃狼狽的往後踉蹌，摔了個四腳朝天！

「哎呀……」她撞上拼桌的茶几，整個人朝旁邊摔去。

就在這時，男人竟直接往右邊跨去，目標是一臉驚恐的簡子芸！

——咦？——看見男人伸長手，掌心裡竟又有另一條繩子，繩子尾端繫著重物操控方向，繞著她頸子就要圈上。

「一、二、三、四……」簡子芸喃喃唸著口訣，縮著身子驟然蹲下，那繩墜自然撲空，同時她以側身爲武器，直接衝撞向男人！

什麼！男人措手不及的向後踉蹌，康晉翊抓過一旁的掃帚柄朝他肚子戳刺而去，就是不讓他有任何穩住重心的機會，童胤恒飛快拾起掉落在簡子芸身旁的繩墜，繞到男人身後去，有樣學樣的朝前一套——

汪聿芃說的，速度要快！

「面對著筆電！」爬起來的汪聿芃趕緊把筆電前剛剛的椅子踢開，「他必須面對著筆電螢幕！」

男子扭動，或歪身甩動著想要甩開童胤恒，簡子芸趕緊上前拉住他的右手，康晉翊則扣住他的左手，汪聿芃還到他前方扯過他的衣服，迫使他呈彎腰狀的來到筆電前。

而後頭的童胤恒，則用盡氣力勒住他的頸子。

「我們只不過銷毀一個檔案。」汪聿芃堅定的望著那男人的眼底，灰暗的臉五官也顯得黯淡，然後他的身形都漸漸變成格狀，越來越大格，終至消失……繩子勒著的東西不見了，童胤恒因為用力過猛圈了個空，不穩的直接朝前撲去，汪聿芃趕緊站起身子抱住了他。

「哎……」體型有差，童胤恒剛又正在用力，她小小身軀根本擋不住，向後撞上茶几摔成一團。

簡子芸跟康晉翊兩個人自然也因為男人突然消失收不住力的往地上摔，康晉翊緊張的跳起來張望，社辦裡只有他們四個人。

「不見了？」簡子芸焦急的往筆電那兒爬去，按下空間棒，希望讓暫停的影片繼續播放。

康晉翊往門旁的窗戶去探看，那幾個人還站在外面。

影片沒有反應，簡子芸先關掉影片，看見資料夾裡依然是一張照片檔一個影

片檔，照片檔竟順利的打開，不像預期的「檔案已損毀」。

壓在童胤恒身後的汪聿芃全身都痛，他們兩個其實很懶得動，連續車禍又受傷的，眞的隨便喬都覺得骨頭要散了。

撐起身子時留意到汪聿芃頸子上的勒痕，明明有用手擋住，勒繩力道還是大到割出血珠來了。

「好累……」她疲憊的說著。

「痛死了！」童胤恒跪坐在地，他指頭也全是用力過猛的瘀痕。

就在左邊彎身查看的簡子芸相當緊張，「欸，照片沒有損毀，但是——有點古怪。」

童胤恒跟汪聿芃雙雙起身，看著點開的照片裡，已然只剩夜色，空無一人，但是——在剛剛那男人站著的地方，畫質明顯差勁很多。

「看來要全部解決才能讓檔案損毀，然後絕對不能再開任何一張照片。」童胤恒喘著氣，心跳快到難受，「明明知道是都市傳說，但我還是感覺很像在殺人。」

「人不會變格子狀的。」汪聿芃從容的說，指指筆電，「本來要勒死我的影片呢？」

她邊說，下意識的握住左手腕，手腕外側血流如注，以手骨擋住的結果，就是皮肉被繩子切開了。

「妳受傷了！」簡子芸嚇了一跳，「好深，要不要去醫……」

「先看片啦！」她用力甩甩手，「小傷！」

小傷咧，她一甩，附近地面全是血珠了！但童胤恒知道她心急，他也急。影片意外的居然能點，這讓童胤恒不寒而慄，今天汪聿芃把生病女人從樓上扔下來後，影片不是就呈現損毀了嗎？爲什麼現在還能點開？

點開的影片跟剛剛截然不同，沒有什麼筆電，而是一個熟悉的教室場景，然後一隻手停到半空中像是在擋什麼，跟著一堆玻璃碎片便從視角處迸飛四射。

『讓他們死！』

咦！童胤恒一顫身子，瞬間發麻，他倏地回頭往門邊看，康晉翊正靠在門旁的窗子邊，稍作喘息！

「這不是……這裡嗎？」汪聿芃望著鏡頭視角，跟著另一邊的高疊紙箱，那是康晉翊的視線正前方。

「趴下！」童胤恒驀地爆吼，猛然朝康晉翊衝去。

康晉翊聞聲嚇得抬頭，就看見衝來撲上的童胤恒，嚇得半個字都喊不出來，立刻就被壓頭了！

說時遲那時快，後頭一聲刺耳玻璃迸裂聲，緊接著是簡子芸的掩耳尖叫聲，

汪聿芃於原地呆呆的回頭往右方看去，窗戶玻璃迸射，一顆大石頭掠過她身邊，砸中了其他椅子後落下。

而康晉翊整個人被壓住，上方是還緊護著他頭部的童胤恒，兩個人背上都是碎玻璃，雙雙趴在地上。

天哪……童胤恒無數怨言，他骨頭都要散了！

「啊……」簡子芸立即拾起地上石頭，簡直不敢相信，「接二連三不打算罷休嗎？」

「打鐵趁熱吧。」汪聿芃胡亂用著形容詞，腦子有點混亂，「童子軍？」

「沒事……」童胤恒二度撐起身子，無力的坐在地上，背靠著牆顯得萬分無奈，「這張SD卡也太狠了。」

康晉翊驚魂未定的趴在地上，看著掌心大的石頭，再仰頭看向窗戶破裂的位置，「他們……是想讓我受傷，還是希望我死？」

「差不多意思，就是沒打算讓我們好過就是了。」童胤恒重重嘆了口氣，他現在眞的不太想動了。

簡子芸惦量手裡沉重的石頭，被這個砸到，別說會不會被玻璃割傷，打到頭鐵定頭破血流；她將石頭放到一旁，焦急的要檢查連看都來不及仔細看的影片——

「停！不要動！」汪聿芃突然上前，一把拉開簡子芸的手。

咦？簡子芸的手整個被揮掉，甚至還往後踉蹌，驚愕的看著她。

「關掉影片是不是就給他們機會重新再來？」汪聿芃瞪著筆電，「我之前同個影片重播N次都沒事，爲什麼最近可以說改就改？他們到底是利用什麼時間修改的？」

簡子芸握著被揮痛的手微微搖頭，她跟不上汪聿芃的思考速度。

「光今天一整天他們就改了幾次了？這麼隨心所欲喔？」這口吻裡倒是盈滿不爽，「上一次我研究水男孩捅刀跟車禍時播了最少十次，根本就沒變過！」

「不是因爲意圖格式化後的關係嗎？」簡子芸緩步上前，「所以SD卡才複製檔案到這台筆電的每個資料夾，絕地大反撲！」

「……好像也是。」汪聿芃竟一秒妥協，軟了雙肩蹲下來，盯著螢幕瞧，「但是要改要時間吧！就算我剛剛拿影片去編輯，它也是直接LAG，然後我關掉重開才改變。」

童胤恒皺眉，「因爲妳是用它複製在筆電裡的影片更改，不是SD卡，但是眞的隨時在變的是SD卡！」

「對！」汪聿芃開心的往右後方的地板看去，很高興有人聽得懂她在說什麼，「像現在這個定格的畫面，就是SD卡資料夾的！」

童胤恒小心的避開滿地碎玻璃站起身，要康晉翊原地休息，讓他靠在牆前，後面上方既不是門也不是玻璃，以防萬一！

「影片在播放時本來就不能修改，這跟開啓任何檔案時，不能改檔名是一樣的道理，甚至有時就算還在暫存檔也無法修改檔名。」童胤恒明白汪聿芃的意思，「妳認爲是因爲我們關掉原始影片，SD卡才有機會做竄改！」

汪聿芃大力的點了頭。

簡子芸一顫身子，迅速的回想今天發生的所有事！

「一開始看見影片的是康哥，他打電話提醒我跟晉翊不要坐電梯，接著蔡志友及時阻止電梯關門！晉翊問他是哪一樓出的事，我們想阻止電梯！」簡子芸朝旁漫步，努力回憶。

「我聽見他這麼對嫻妤姐喊著再看一次。」那時講電話的是康晉翊，他記得清晰，「我哥一打開，卻高喊著變成月台影片，子芸想起去上香的童子軍，接著我們邊衝回病房，邊警告童子軍！」

「所以打給我的時候，妳不是一直看著影片嗎？還說我被列車撞得血肉模糊？」童胤恒扳住都要走過他身邊的簡子芸。

「你去撞列車幹嘛？」汪聿芃認眞的圓睜雙眼。

童胤恒忍不住戳了她額頭，「我會自願嗎？」

「對……我看了好幾次，最少五次以上……雖然很可怕，但我就是直到瞧見對面月台的生病女人、直到你說沒事為止——」簡子芸抽了口氣，驚愕的看向童胤恒，「你沒事了，所以我……關掉視窗。」

童胤恒恍然大悟，望向汪聿芃，「再打開，就變成在高樓上的汪聿芃了嗎？」

「只有圖書館對面的景色跟墜樓，想到汪聿芃的是你。」康晉翊也忍不住了撐著牆緩緩起身，「但影片沒聲音，只知道最後汪聿芃說她解決掉生病的女人，檔案損毀——直到剛剛。」

所以，每次的影片改變，的的確確跟關掉視窗有絕大的關係。

「本以為今天就能太平，是因為汪聿芃意圖改變影片吧！也或許是因為SD卡的人都被解決了，兩個檔案損毀。」簡子芸說到這兒時卻有點自豪，「至少我看啤酒熊跟數字男都沒有提過檔案損毀，直到後面都還提到生病的女人呢！」

汪聿芃在一旁默默的眨眨眼，其實生病的女人很生氣他們說她生病耶，掉下去前還不忘強調自己沒有生病。

不過她也不在了，檔案都掰了，應該不必多做解釋了吧！

「剛剛一口氣就貼了五個人的照片，我們又在十分鐘內解決掉一個，照片都有部分像素變粗了。」童胤恒疲憊的坐上茶几，「接著連續兩次攻擊，看來十分針對妳喔，汪聿芃。」

一秒勒頸子這種事都做得出來，她眞的是挑釁成功了。

「勒住我的影片也是關掉再重開，才變成石頭攻勢的，我從下午就一直在想到底怎麼改，隨它改讓人很不爽啊！」汪聿芃把視窗縮小，「影片播放軟體非常多，我就每個都保留！哼！」

說著，她開啓了明天的資料夾。

「厚……汪聿芃！妳要開啓資料夾不能先知會一聲嗎？萬一又有什麼亂七八糟的東西怎麼辦？」簡子芸覺得自己心臟沒那麼強！

童胤恒搖了搖頭，他知道簡子芸多說無益，基本上汪聿芃應該也沒聽見她剛說了什麼。

明天的資料夾，一口氣出現了六個影片。

「不必點開我都知道是哪六個。」康晉翊冷笑出聲，「我們四個，外加我哥跟嫻妤姐。」

「好沒用喔，居然要用到六個影片了嗎？」汪聿芃說這句話時倒是相當得意，「已經沒辦法用一個影片修改再修改了嗎？」

「這台筆電有幾個播放程式？」童胤恒關心的是這點。

「不愁，我知道有一個程式可以一口氣放幾十個影片在工具列上，而且沒有在那程式上刪除，便完全無法編輯該檔案。」簡子芸即刻拖過椅子，坐到茶几短邊，打開自個兒的筆電準備下載程式，「我們可以把ＳＤ卡裡所有的影片都放上去！」

童胤恒笑了起來，這種時候放鬆笑不是件明智的事，明明ＳＤ卡已經打算逼他們到絕境，不該是能輕鬆的時刻。

一笑肚子全身都痛，他撫著肚皮，看見雙眼發光的汪聿芃，滑鼠在六個影片上游移，但是她似乎最終哪個都沒點開。

「猶豫嗎？不是沒點開就不會發生事情喔！」童胤恒溫柔的說著。

「眞的嗎？」汪聿芃歪著頭，把筆電往前推了幾吋，好讓自己可以趴在桌上，歪著頭還是盯著螢幕。

不點開，不知道，是否就不會發生事情？

「等子芸的程式吧！」康晉翊睨著明天資料夾裡的六個影片，縮圖上看去，感覺都是白天發生的，沒有在房內的攻擊。

他們還是必須得先看影片，爲了今夜的一夜好眠，這兩天折騰得太痛苦，尤其是康晉翊，幾夜沒睡好了，若不是意志力撐著、若不是汪聿芃今天把生病的女人刪除，他只怕連今夜都無法安眠。

灌好新程式，康晉翊動手把六個影片一口氣拖過去。

影片有長有短，最短的連二十秒都不到，ＳＤ卡已經沒有打算告訴他們太

多的「未來」。

六個影片都是白天發生，但也有分不出白天或晚上的室內，但都不是在家裡，在路上、在麵店、在學校的某個角落，範圍線索越來越狹窄，連食物中毒都有了，眞是別出心裁。

「再失火章警官會森七七的。」汪聿芃托著腮咕噥著。

「再失火大家都會森七七。」康晉翊連視窗都不收，按下暫停。

「誰是誰都不知道，鏡頭依然是第一視角。」簡子芸嘆了口氣，「記得跟康哥說聲。」

「我哥是第四個，那台車內裝是他的。」康晉翊拿起手機，「我有一招，可以讓大家從容的面對明天發生的事。」

哦？童胤恒倒是訝異，「比一直不關影片的見招拆招更好？」

「更好。」這時就會感謝前人的智慧與經驗值。

更如洋洋學長說的，順其自然。

第十一章 終結循環

第七天，原本大家以爲可能或許會結束的這天。

至少在康旭淳情緒失控格式化ＳＤ卡前，只有七個資料夾，而終於來到了第七天。

今天有六個影片，各種不同的意外，不一定會死亡……事實上連康晉翊都沒有特別仔細詳看影片，因爲不太需要了。

「外送！」小蛙興奮的由遠處就大喊著，「燒燒燒！」

簡子芸聞聲開心的走到教室外，看著小蛙愉快的跑至，手裡拎著兩大袋食物。

「辛苦你啦！」

「哪會！外送我專家耶！」小蛙志得意滿，穩穩當當的把兩大袋食物擱上茶几桌，「飲料由蔡志友負責，還有外星女點的麵線也在那一區。」

最裡頭的汪聿芃探頭，「誰外星女啦！」

康旭淳則坐在靠近黑板附近，與宋嫻妤在一起，「眞是謝謝同學了！太麻煩你們了。」

「別說客套話好嗎！不自在！」小蛙唸著，與簡子芸一同把袋子裡的食物搬出來。

今天全部請假，全員集合在都市傳說社的臨時社辦裡，對外一切應對皆由小

蛙跟蔡志友協助，不管是送餐或是聯繫，局外人最爲輕鬆自在；像現在是中午時間，小蛙跟蔡志友一人跑一邊，替大家把午餐買齊，還能一道兒吃飯後，回去上下午的課。

影片全數打開後不能更動，康晉翊昨天整夜筆電螢幕開著並且充飽電，不插著電源線就怕突然跳電或斷電，迫使筆電關閉，總之進行一切防堵，讓它連新增檔案的機會都沒有。

不管會有什麼意外，當全體都聚在一起，也不外出，都市傳說能有的最好方式，大概只剩一個：

汪聿芃趴在窗邊，認眞的往天空看。

「妳現在是眞的很希望衛星掉下來砸在這裡嗎？」童胤恒拿著捲餅走到她身邊。

「我想知道都市傳說多厲害。」她略微勾起嘴角。

「都市傳說很低調的，他們不走大場面路線。」簡子芸手上的筆沒停過，一大本本子畫得亂七八糟，她還在努力想漏洞，想一個停止這一切的辦法。

「我還是覺得我們應該要去找花子。」她還唉聲嘆氣。

「汪、聿、芃。」

童胤恒這絕對是語帶警告，請不要造成都市傳說界的混亂好嗎！

小蛙也拖了椅子在門邊就近吃，康晉翊跑去把簡子芸手上的本子抽走，她已經研究一上午了，早餐那杯保證通腸胃的奶茶到現在都還沒喝完。

「先吃。」他說著，卻寵溺般的爲她打開粥蓋，「小心燙。」

「謝謝。」她抬頭看他一眼，熱氣氤氳裡帶著兩朵粉色雲彩上臉頰。

嗯，小蛙識相的轉了個身，反坐上椅子，拿椅背當桌子撐著，看向窗邊那兩個吃捲餅的。

「喂，你們有打算要耗幾天嗎？」他問的這問題很實在，「總不能每天都請假吧？要請到什麼時候？」

「昨天照片放了五個人出來，今天六個未來影片檔，是他們不給我們喘息的機會。」汪聿芃一臉理所當然，「要我就跟他們耗到底！」

「耗到底咧！小蛙才在說，妳是打算請假請多久？」童胤恒直接潑了冷水，「別聽她在那邊亂說，我們只是用今天來緩衝。」

「緩衝然後呢？」小蛙很切中核心啊，「它每天放新番、你們每天躲？」

「新什麼番啦！現在就是希望不要有！」康晉翊無奈的唸著，「我們一早都在整理線索，想一個終止一切的方案。」

「我前兩天就試過把ＳＤ卡鎖卡了，但似乎也無法阻止它新增。」康旭淳悶悶的開口，「今天它要你發生什麼事，誰都逃不過。」

「錯！」汪聿芃立刻反駁，「我們躲好幾次了，它放它的影片，我們做我們的……啊，康哥，你知道我把那個女人丟下樓了嗎？」

康旭淳虛弱的微笑頷首。

「不要一直用會讓人誤會的方式說話。」童胤恒忍不住警告，「怎麼聽都像是謀殺！」

「反擊，自我防衛。」她也有話說。

小蛙默默扒著肉羹飯，這兩個好像也有譜耶，他們不知道自己有沒有發現？外星女除了像外星人之外，其實很可愛啊，而且童子軍都聽得懂她星球的語言，根本絕配！

「我重新讀了數字男的影像日記，在資源回收桶裡，找到他出事當天早上刪除的檔案，是錄錯的影像檔。」簡子芸眉頭深鎖，「他說了很奇怪的話，我聽不懂，但是他神色很慌張……」

她一邊說，一邊傳送到群組。

手機紛紛響起，所有人都拿出手機查看，唯有裹著石膏的宋嫻好始終繃著臉，她厭惡這種怪事、討厭被牽連的自己，還有不停的經歷這種令人恐懼的生活。

生命被一張SD卡控制就算了，連筆電都要交給男友弟弟，自己都不知道會發生什麼事、該怎麼預防，只能盯著手機，夜不成眠食不下嚥，這是什麼日子啊！

她，不就是幫旭淳打開一個資料夾而已嗎？

「飲料——麵線到！」聲如洪鐘，蔡志友接著進入教室，「哇！也太香，你們叫了多少東西啊？」

「你的雞排麵在那邊，我袋口綁著不讓它涼掉！」小蛙隨手指著。

「謝了謝了！飲料上面都有貼標籤，自己拿！」蔡志友注意到黑板前的康旭淳他們，禮貌的頷了首，「喂！我來說個新消息！」

「好消息嗎？」童胤恒現在只想聽到好消息。

「我覺得算耶！」蔡志友倒是很認真，「我這兩天都沒閒著，我除了去看那張ＳＤ卡出現的時間外，我試著找找看，有多少人看過那樣的情況！」

一屋分散的人們狐疑的瞅著他，不太懂他找這個的用意。

「你是問誰見過ＳＤ卡？還是撿到過嗎？」簡子芸若有所思的問著。

就見蔡志友彈指，副社果然還是很聰明！

「對！撿到的人比想像的多得太多了！很多人都看過或撿到這個東西，但是更多人放回去，甚至丟到另一個地方！」蔡志友雙眼閃閃發光，「尤其這幾年，ＳＤ卡越來越少人在用，還有一半的人單純好奇那是什麼！」

「好奇爲什麼不會撿走？不想看看裡面是什麼嗎？」康旭淳忍不住放下手裡的午餐。

嗯，當初你就是太好奇吧！汪聿芃默默觀察著略顯激動的康旭淳，當初康哥撿走的心態是什麼呢？

「因爲使用記憶卡的人越來越少了！儲存空間幾乎都在雲端，很少人在用記憶卡或是隨身碟了啊！」蔡志友比向自己，「像我就是一台平板，外接鍵盤，所有東西都儲存在雲端啊！」

康旭淳握了握拳，因爲他是永遠在使用筆電的人，而且也有在照相，對於ＳＤ卡自然相當熟稔。

「所以你意思是那張ＳＤ卡在各個地方出現嗎？然後——卻只有我們這裡出事？」康晉翊只能就這樣的資訊導出結論。

「是啊，不覺得奇怪嗎？我還有問到有人說撿到，都放進口袋了，隔兩天找不到讀卡機就把它又扔回原地，沒事。」蔡志友打開了自己的雞排紙袋，「明面上我眞的就只發現啤酒熊跟數字男兩個求救例子而已。」

ＳＤ卡無時無刻的出現，這麼多人撿到ＳＤ卡、卻只有兩個人求救。

「沒有插卡就不算，所以撿到不算錯，插卡才有過錯。」康旭淳緩步往前，自責之情再度溢出。

面對康旭淳，蔡志友不好意思說得太明，先夾了一口爛掉的麵。

「問題是ＳＤ卡也不少，怎麼能確定是同一張？」康晉翊抱持不同看法，「隨時都有可能丟掉，不能保證跟這張是一樣的。」

「因爲幾乎都是最新款式，爆貴的那種，但你說得也對啦，不是一定。」蔡志友沒有否認這點，「反正就是個資料，參考用。」

參考啊……簡子芸即刻把剛剛被挪走的筆記本挪回，在上面補充寫明：關鍵在插卡嗎？佔爲己有已經不算錯了。

「會不會其實是看了內容開始倒楣？」汪聿芃剛把捲餅吃完，愉快的跑到茶几邊抱走遲來的麵線，「畢竟康哥是看到生病的女人後，她才跑出來的啊！她不喜歡被看！」

宋嫻妤蹙眉，「到底誰？」

「推妳下樓那個。」康旭淳沒時間處理她的疑心，「啤酒熊跟數字男都見過她！」

蔡志友跟小蛙同時點頭，第一張照片都是那個擁有一頭長髮、對他們笑得不寒而慄的女人。

「所以誤撿都不算，一切從ＳＤ卡內容開始。」簡子芸眉頭緊蹙，「換句話說，如果我撿到並持有，永遠不插卡就沒事嗎？」

「說不定眞有這樣的人，因爲ＳＤ卡的都市傳說太少了，表示遇到這種事的不多。」小蛙轉著眼珠子，「撿到忘記了，或是只是撿到沒插卡，擱在角落生灰塵。」

「也可能根本沒有辦法讀卡……」康晉翊深吸了一口氣，「但有多少人能抵抗好奇心？」

「我。」汪聿芃高舉起手，「我連撿都不會撿耶！」

是啊，如果不感興趣，應該連撿都不會撿，撿了卻不看的人有幾個啊？

「再說一個，你們記得啤酒熊怎麼去世的嗎？」蔡志友囫圇吞棗後，終於有空說話了。

「不是落水嗎？」掉落溪邊之類的。

「嘖嘖，落水前的精神失控都沒人提。」蔡志友笑得曖昧，「他是突然間跑到老家後山的小溪邊大吼大叫，根本沒人知道他在喊什麼，接著腳一踩空就掉下去了！全部的人都嚇到了，直說他跟瘋子一樣——這就是爲什麼他室友避重就輕的原因了。」

康旭淳冷笑出聲，「再下去，說不定瘋的就是我了。」

「我．們。」汪聿芃強調般的看向康旭淳，「你好奇怪都一直說你，但我們每個明明也都有事，而且我們做的事比較多耶！」

囉哩叭唆！汪聿芃就是這個意思，她對康旭淳格式化ＳＤ卡的事其實耿耿於懷，完全就是個成事不足敗事有餘的傢伙！

他們被捲入是自願不怪誰，但是後續發生的事應該是一起面對，如果他很害怕沒關係，但格式化這後腿扯得太大了！

不然，她覺得說不定七天做完就好了！

大家都對ＳＤ卡不熟，一直抱怨就很煩人。

「汪聿芃，我哥沒經驗値，他不是故意的。」康晉翊只能緩頰，「也不是每個人都能像妳適應力這麼強。」

「我哪有強？」她無辜的舉起左手繃帶，「很痛耶，脖子也是！」頸子上也是ＯＫ繃貼著，細繩勒得傷口異常的疼。

「外星人神經很厲害。」小蛙由衷的讚美，「我可沒辦法那麼處變不驚。」

「我不是外星人。」她不想理小蛙，大口吃著麵線。

是啊，汪聿芃從不是處變不驚，只是她還沒想到該害怕的部分，因爲她會只Focus在當下介意的點。

「好了！別吵了！」簡子芸把自個兒的筆電轉向大家，「數字男最後的影像紀錄。」

影片裡是數字男異常憔悴的臉，康家兄弟一看就知道這已經太多天沒睡了，

凹陷的眼窩與幾乎全是血絲的雙眼，有氣無力的坐在桌前。

鏡頭拍著，他貌似看著筆電裡的東西，滑鼠還在移動。

『啊……啊啊！』他突地皺起眉，一臉驚慌的湊近，『怎麼會……不行啦！』

鏡頭明顯的被推動，他人也跟著慌亂的起身往左方奔去，接著是靜止畫面約莫五秒，數字男再衝回來特寫臉部，關上了鏡頭。

「這是什麼時候拍的？」童胤恒好奇的問，影片在室內無法判斷時間。

「下午四點多左右，而數字男在五點十七分死亡。」簡子芸再將筆電轉回來，「而且那間咖啡廳離他住的地方超遠的，要轉三條線才會到，完全不是他的活動範圍。」

「所以他看到了什麼、迫使他即使知道有危險，也要立即出發到這麼遠的地方去。」蔡志友盯著手機查，「光車程就要一小時了，表示他到那邊沒多久就出事了。」

「說得一副特地去送死的樣子。」小蛙抓著飲料，這種事想起來就沒來由的不爽。

「特地去送死……」康旭淳說著打起寒顫，他也……會這樣嗎？

「這很不合理，像我們明知道ＳＤ卡的影片像是受傷或死亡預告，我們根本不可能出去，也是預防出事，數字男不也是選擇待在家裡不出門嗎！所以今天大家才聚在一起。」康晉翊眼神瞄著ＳＤ卡的筆電，「一定有什麼事，讓數字男不惜一切也要跑出去。」

面對危險，誰不是避之唯恐不及？更別說轉三趟車到遙遠之地，這路上處處是危機啊！光是車子就可以製造多少起災害？

「有衛星掉到他宿舍樓上嗎？嗝！」汪聿芃打著飽嗝，心滿意足的把空碗拿回茶几上放，「所以他急著逃離家裡啦！」

眾人莫不朝她看去，這個原因是可能性最低的啦！

「說點正常的好嗎？」遠遠的宋嫺妤不耐煩的說著，「還有什麼比自己生命更重要的事，值得他去冒這個險？」

像她為了安全，裹著石膏都不惜跟旭淳到這所學校、什麼莫名其妙的都市傳說社社辦來了，這樣的出門才叫自保！他們說的上一個人真是太怪了，去一個不相關的地方。

有什麼比自己性命更重要的？簡子芸與康晉翊隔著茶几桌兩兩互望，似乎在同一瞬間有了答案。

「別人的性命！」他們幾乎是異口同聲！

別人或是熟識的人的性命堪憂，才會讓明知道外頭有危險的數字男走出去吧！就像現在如果是南天會出事，他們也會第一時間跑過去啊！

「要有在意的人才會吧，親人或好友！」

「如果是這樣，有手機這種東西不是嗎？」蔡志友提醒著，「沒有非得趕出門的必要吧？」

是啊，跑到ＳＤ卡筆電前的康晉翊頓了一下——「那如果是不相關的人呢？」

不認識、自然沒有手機，無法聯繫上，但是他們可能會出事？

「如果是不相關的人，會這麼積極嗎？」宋嫻妤又提出了疑義。

康旭淳嚴肅的回首，「如果是很嚴重的事情，說不定會……例如——他看見了那間咖啡廳會出事。」

即使是陌生人，即使不關自己的事，表面上大家都可以佯裝不在乎，反正也沒人知道你早知那兒會出事；可是一旦看見屍體遍佈，良心上依然會過不去。

世界上只有一個人知道會出事，那就是自己，也只有一個人會譴責見死不救，那也是自己。

「所以他有可能看到咖啡廳裡的事故，」汪聿芃好不容易才吞下珍珠，「他就跑去想要阻止這件事發生之類的，結果，磅！」

磅！

他人是去了，但一樣遭遇了高速撞擊，把連同數字男在內的七條人命一併帶走，意外終究發生，而ＳＤ卡等到了那個撿到它卡片的人。

「小蛙、蔡志友，出去。」康晉翊神情驀地嚴肅，檢視著ＳＤ卡的資料夾。

感受到氣氛不變，小蛙跟蔡志友也不敢久留，他們可是機動救援隊，不容遲疑的火速帶著飲料離開，向童胤恒低聲交代他們先去上課，手機隨時聯繫後，退出並關上了門。

爲求謹愼，童胤恒把兩道門都鎖上。

「妳傳訊叫南天沒事不要過來。」

「好。」汪聿芃依言照做，雖然她從不認爲南天會在這種危急當口過來，這根本是往危險裡鑽的傻事啊。

沒有人靠近康晉翊，他一個人在茶几的另一端檢視，寂靜的空中只聽見滑鼠噠噠聲，連簡子芸都沒湊上前。

她不明白發生什麼事，但從康晉翊的眉宇間瞧得出相當嚴重。

「我們大意了。」良久，他沉重的吐出幾個字。

今天的資料夾顯示依然是那六部影片，一如他們昨晚看見的一樣，康晉翊也全部看過！

「但是？」汪聿芃憋不住啊，要講不講？

「我們沒看明天的資料夾。」他做了痛苦的深呼吸，「ＳＤ卡在昨天就新增了影片！」

「呃……」康旭淳有些不解，「我們現在需要在乎明天的事嗎？不是應該先著重於今日？」

「SD卡新增影片在明天日期的資料夾裡，但檔名是今天日期。」康晉翊冷著臉，把筆電轉了過來，「大家看吧。」

明天的資料夾裡的的確確有個影片檔，最機車的是，檔案名居然寫的是今天的日期！

影片開啓。

令人驚訝的長達三分鐘，不意外的畫面是間咖啡廳，學生們或聊天或是戴著耳機在看書，也有社會人士辦公兼使用筆電，也有帶的孩子出來閒話家常的媽媽，嬰兒車就擺在桌旁；隱約的看得見玻璃落地窗外的人車，許多人在外面走動，偶爾有人好奇的偷瞄咖啡廳內的客人。

第一個看板人出現在四十秒時，他如行人般走過後停下，就站在外頭，不是偷瞄裡的客人，而是直視著鏡頭；所有人看見了但沒人吭聲，只顧著專注望著影片。

第二個看板人從對向走來，站在第一個男人的身邊，背貼著玻璃窗，僅回頭瞥了鏡頭一眼後，不動聲色。

一直到兩分三十秒，都是正常情況，那兩個看板男人也站著，彷是在外面等

人，但照片另外兩個人卻不見蹤跡。

突然間一陣天昏地暗，鏡頭劇烈震顫，煙塵四起，有什麼東西從玻璃窗裡滾了進來，剛剛在桌上的客人瞬間消失……連桌椅造景全數翻滾得不見蹤影，只留下滿目瘡痍。

鏡頭仍在，看見的是灰煙濛濛，並沒有一如其他影片的轉黑停止！

兩分五十九秒，影片終於停止，終於隱約的看見了滾進咖啡廳裡的，是大貨車的沉重貨斗。

「影像沒有消失，不是最後都應該是黑暗或是噴血嗎？」童胤恒看著定格畫面，車斗下有一隻腳在抽搐，「這很像……像是……監視器？」

監視器，可不是嘛！位置非常高，這是俯視的角度，所以才能拍到所有的景象，至少落地窗邊這一個三角地帶，拍得一清二楚！

簡子芸看見那變形扭曲的嬰兒車，剛剛那裡面還有……天哪！發抖著掩嘴，心頭一緊！

「對！這就是咖啡廳裡的監視攝影機，不是我們的視角！」簡子芸指著螢幕，「這意思是說，今天有一間咖啡廳會出事？跟數字男當初遭遇的一模一樣？」

康晉翊緊握飽拳，忍不住發顫，「只怕數字男當初就是看見這個了……所以才會跑出去。」

「這樣可能啤酒熊也是，剛剛蔡同學不是說，大家都以爲他瘋了，對著溪邊的人大吼大叫危險！」康旭淳可以想像那個畫面，是否啤酒熊見到誰跌入了溪底，只是沒料到是自己罷了。

童胤恒突然食慾全失，放下手裡的飲料，「這招眞的太卑劣了！我們誰有辦法明知道會出事而坐視不管？」

所有人面面相覷，氣氛緊繃，面臨著出去一定會出事、但非去不可的情況啊。

收拾的聲音突然響起，童胤恒看向身邊的女孩，汪聿芃已經俐落地疊起大家吃完的空碗、順手收起大家的塑膠袋及垃圾了。

「收一收快走吧！沒有時間囉！我們到那邊也要很~久耶！」汪聿芃疊好紙碗就朝外頭走，「我去沖水。」

「要……喂，妳知道這是哪裡嗎？」童胤恒才錯愕咧，怎麼一副連哪站都知道的樣子。

康晉翊即刻重播，那角度眞的很難看清，連店名都看不出來啊！簡子芸則留意著時間，希望影片有拍到時鐘，一景一物都不想錯過。

童胤恒協助汪聿芃收拾垃圾，跟著往外去沖洗杯碗。

「妳知道在哪裡了嗎？」

「知道啊，那家是森咖啡吧！」汪聿芃回答得理所當然，「森咖啡店超少，我們學區也沒有，我看店外面很多人買希崎蛋糕走來走去，那一定是市中心了啊！整棟四樓的旗艦店就在市區那兒，希崎蛋糕隔壁條馬路的三角窗！」

童胤恒默默沖著紙碗，剛剛那種狀況到底誰會看到哪些人提了什麼袋子啦！

「妳看得眞細，我根本沒辦法顧及那麼多。」童胤恒這是讚美。

「我之前就很想吃那家蛋糕了，我們等等去買吧！」汪聿芃泛起微笑，「我連口味都想好了！」

……原來是之前就對蛋糕有執念嗎！希崎蛋糕是最近很夯的蛋糕店，分店不多沒錯，也只開在鬧區。

「所以在哪裡啊？」看了兩輪，還是什麼都沒看出來的康旭淳忍不住問了。

童胤恒回應後，好整以暇的把沖洗好的紙杯紙碗回收妥當，回到教室時簡子芸眼裡難掩讚嘆，她眞的沒留意到人來人往中，人手一袋希崎蛋糕。

「範圍眞的縮小很多，森咖啡雖然連鎖但不多間，唯有在鬧區才會有這麼大間的三角店面，附近有希崎蛋糕的又只有一家。」簡子芸已經確定了位置與地址，「現在就是時間還不確定而已！不過先出發再說，其他在路上再想吧！」

康旭淳爲難的看著宋嫻妤，行動不便的她都快哭出來了。

「你不許扔我一個人！」

康晉翊相當誠懇，「可是哥必須去，他是原始撿到SD卡的人。」簡稱始作俑者。

「找其他社員來照顧她吧，嫻妤姐，康哥勢必得去。」童胤恒也一道兒勸說，「我們有很多二社社員可以協助！」

「康旭淳！」宋嫻妤哪可能這麼輕易的讓他走！

清洗好的汪聿芃蹦蹦跳跳的進來，自然的拎起背包，不解的看向大家，「走了啊！」

還拖什麼？她的動作代表了一切，康晉翊也不再多語，直接回到位子邊收拾東西，汪聿芃說得沒錯，沒有時間瞎耗了！最重要的是要在時間內到咖啡廳去！

童胤恒提議找二社外，康晉翊還想到南天，那身肌肉與力量，從水底被撈起來的他最清楚！如果遇到什麼事也可以保護嫻妤姐才對！

東西都收妥，康晉翊抱著筆電喚著哥哥，事不宜遲。

「想結束一切，就快點走！」他在門口喊著，「你們難道希望再這樣過七天嗎？」

宋嫻妤瞪著淚眼，氣急敗壞的尖叫著，康旭淳還是抽開了她的手。

「康旭淳——」怒吼聲從教室裡傳來，康晉翊這時就很慶幸嫻妤姐不良於行，省得在外面糾纏。

汪聿芃剛剛已經發了最新資訊給小蛙跟蔡志友，如果他們能趕得上的話最好，趕不上也只能自立救濟了。

「汪聿芃！汪聿芃！」康晉翊幾乎要用跑的才能追上她，「妳不要跑啊！我們這裡沒人跑得過妳！」

她緩下腳步，無辜至極，「我沒有跑啊，我是快走。」

「那慢慢走，慢慢……」簡子芸都上氣不接下氣了，只是快走依然腿力驚人啊！

「四點半前要趕到那邊耶！」她一臉焦急，「不快一點很危險的！」

一眾人錯愕，「妳從哪裡看到四點半的？監視器沒有顯示時間，也沒拍到時鐘……別告訴我妳視力好到看見某個學生的手錶！」

如果誰有帶手錶的話。

「什麼啦，希崎蛋糕最有名的蜂蜜蛋糕，出爐時間是四點半！大家提的都是蜂蜜蛋糕有沒有，專屬的黃底紅字盒子！」她嘟起嘴，「每日四點半，限量一百五十個！」

「……哇！」康晉翊忍不住笑了出來，「搞得我都想買一個來試試了！」

四點十分，五個人衝進森咖啡廳裡說有多狼狽就有多狼狽，康晉翊跟簡子芸差點無法換氣，前面兩個倒是從容不迫，一進去先找位置。

咖啡廳位在轉角三角位子，圓弧外表設計，落地窗玻璃，外頭都是樹葉綠色造景；這間咖啡廳近來也是ＩＧ打卡名店，內外都走森林系風格，知名度大開，尤其位在這鬧區的旗艦店，足足有四層樓。

推門而入正前方便是點餐櫃檯，左邊區塊是一樓用餐區，恰好順著圓弧一路轉進隔壁巷的方向。

童胤恒與汪聿芃對喊著歡迎光臨的服務生淺笑，櫃檯前隊伍排得很長，他們逕朝左轉去，通往二樓的樓梯就在櫃檯邊，兩個人路過樓梯時先瞥了一眼，原則還是希望找一樓的位置。

尤其是……一左轉，正在樓梯下的兩個人便看見了！

如果把一樓的圓弧狀切成三塊，入門後由右而左恰好是櫃檯、中間圓形座位區、右邊轉過去的四人座位區。

所以童胤恒經過櫃檯後左轉，再往左看立即就是中間圓形區了。

咖啡廳不浪費空間的在寬廣的走道上擺了細長的單人吧台區，坐在吧台區正

巧面對中央圓形區，也正是影片裡的區塊，均是兩人圓桌或小方桌。

童胤恒往上找尋，果然在左上角，較靠樓梯這兒的地方發現了監視器，與資料夾影片的角度一模一樣。

汪聿芃直接坐上單人吧台，恰好剩邊邊兩個位子，可以就近觀察。

右半那是四人座區，不在出事範圍內，他們也就不怎麼留意；坐在單人吧台區不但可以看見圓形區，更可以透過落地窗玻璃，瞧著外面來往的行人以及馬路。

後頭跟來的簡子芸與康晉翊都快換不了氣，連忙來到他們身邊，「就……這裡……」

康晉翊放下包包，一抬頭看向正前方的區塊，立刻知道那是哪裡了！筆電擱上桌子，他們現在很需要一杯水。

「我們先去點飲料，我哥麻煩你們。」他拉著簡子芸往櫃檯走去，汪聿芃則盯著遠處的玻璃窗外瞧。

童胤恒讓康旭淳坐到另一個位子上，汪聿芃直盯著外頭。

「快出爐了。」她眨都沒眨眼。

「妳再這樣盯著看下去，會有人報警的。」邊說，童胤恒把她的頭喬回來。

哎唷！被硬扳回來的她，依然顯得慌張。

「時間快到了，有想到該怎麼辦嗎？」她低語，「難道我們大聲喊說：這裡等等會出事嗎？」

「會直接進警局。」童胤恒搖搖頭，「而且妳不能只顧咖啡廳裡的人，人行道上跟馬路上的人呢？」

唉，汪聿芃重重嘆了口氣，「要顧這麼多人，很累！我們都泥菩薩過江了！」

是啊，她說得沒錯，望著筆電裡定格的影片，他們根本無從對抗，能救得了幾個是幾個吧！

康旭淳一臉悲情，看著筆電，再抬頭看向前方的圓形區，幾乎都是學生……看，還有媽媽帶著孩子，嬰兒車甚至還放在一旁啊！

這些在十幾分鐘後，都將消失嗎？

「我——」他起身想喊，童胤恒立刻將他的肩壓下！

他凌厲的看著康旭淳，明示的搖了搖頭，「康哥，不要輕舉妄動。」

康旭淳一臉驚愕，「可是等等就——」

「噓！」童胤恒再加重肩上的力量，「你這樣亂喊，有幾個人會信？你打算說什麼？」

這裡等等有車禍？等一下會有車子衝進來？幾個人會信？

「神經病。」汪聿芃不慌不忙的吐出三個字，象徵了等等可能會有的評語。

是啊，如果是他呢？康旭淳喉頭緊窒，今天他坐在那兒辦公，有個人進來喊

說十分鐘後會有車子衝進來，他也不會信啊！

康晉翊端著飲料回來，由於汪聿芃佔的吧台位剛好是末端，所以足夠他們站在一起，只是有點醒目而已。

一路跑到氣喘吁吁，全買水果冰沙，大家簡直用灌的。

「炸彈。」汪聿芃望著外頭，若有所思。

「可以不要用自找麻煩的方式嗎！」康晉翊沒好氣的嘖了一聲，「幫人時也要想想自己。」

「你們剩沒幾分鐘可以想了。」汪聿芃舉起手錶看著，「再五分鐘出爐喔！加上他們買蛋糕的時間，我們剩下最多十分鐘吧。」

爆裂物……童胤恒不得不認眞思考這個可能性，這的確是個最快能讓大家離開的方法，可是他們的學業會不會就此完蛋？藉口說只是開個玩笑？這根本是他們平常在網路上最不齒的中二生啊！

「不要胡思亂想，你們知道那會犯什麼罪嗎？」簡子芸即刻握住童胤恒的手，「你的家人都會受累！你會被質疑、可能還會被搜查！」

「妳有更好的方式嗎？」童胤恒緊張的低語，「時間快到了啊！」

康旭淳悲傷的望著眼前活生生的人們。

數字男當初也是這樣嗎？想阻止這一切，不希望現在那正在窗邊談笑風生的人們成爲屍體，來到這裡，想盡辦法讓大家閃躲？或是……

「都是我都是我！」康旭淳突然抱頭就往桌上趴去，「都是我不好，我不要撿那張ＳＤ卡就沒事了！一切都是我！」

他激動的以額撞桌角，磅的一記又一記，嚇得他左手邊的人立刻起身向後退，恐懼的收起東西，所有人都往這裡望了過來，再隔壁的人也匆匆的把桌上的東西拿走，紛紛恐懼的避開了康旭淳。

「沒事！康哥你別這樣！」簡子芸焦急的安撫康旭淳，但他完全聽不進去了！

「都是我都是我！」康旭淳歇斯底里的大喊，拼命拿前額撞桌角，「是我撿到ＳＤ卡才會發生這種事、是我——」

咦？

同時間，汪聿芃跟康晉翊都像被電到一樣顫了身子！

——我想到了！——

許多人起身好奇的朝康旭淳這裡望過來，康晉翊竟推著童胤恒往圓形區去，扯著他衣服就低吼，「打我！」

「什……什麼？」童胤恒萬分錯愕。

「打我！越凶越好——」話沒說清楚，康晉翊冷不防一拳尻向童胤恒，「你敢動我哥！」

咦咦？童胤恒被打得踉蹌，撞到後方的小桌子，桌邊的學生驚叫而起。

啊啊啊啊！他懂了——遇到失控打架，這區的人都會走避！童胤恒亮了雙眼，穩住重心抓過康晉翊，二話不說往圓形區深處扔去。

「你敢打我！」

「哇呀——」一瞬間，這區所有人都站起來了！

別說觀望了，連另外一個區塊的顧客都紛紛走避，抱著筆電抓著包包，媽媽連嬰兒車都來不及推，抱起孩子連忙往外衝！

童胤恒與康晉翊越打越起勁，他們撞毀了整個圓形區的桌椅，服務人員上前勸架高喊也無效，童胤恒甚至還不客氣的推開服務生，叫他滾遠一點！所有顧客都逃離了這一區，他們仍未曾停手，康旭淳撞桌子的動作倒是停了，他不明白這是怎麼回事，連簡子芸也一臉錯愕，但是一看見逃出的人便明白了！

只剩幾個傻傻的在旁邊看熱鬧兼錄影啊！

「不要打了！不要打了！」她假裝往前驅趕看熱鬧的人，「你們不要拍了！快走，等等他們發狂亂打就麻煩了。」

康旭淳呆坐在吧台位子上，一時無法反應弟弟跟童子軍是怎麼了……現在到底是怎麼……他往桌上看去，突然瞪圓了雙眼！

筆電呢？

「別打了，別——」簡子芸假意上前勸阻，突然看見了不像這世界的看板男人現身，「一分三十秒！」

兩個人打到渾然忘我的人根本聽不見，超入戲的互毆怒吼，沒有一刻稍歇。

簡子芸看著第二個人從另一個方向走來，這是一分鐘的事情！有鑑於高速公路上的縮短影片，她覺得沒有時間遲疑！

「好了！」她上前扯開康晉翊。

「筆電不見了！」康旭淳此時瘋也似地衝來，「我的筆電跟ＳＤ卡都不見了！」

什麼!?這話比什麼都有用，童胤恒跟康晉翊根本瞬間清醒，臉上全是傷的看向康旭淳與簡子芸，她也完全無法反應，根本沒注意筆電是什麼時候不見的！

童胤恒一眺，「汪聿芃呢？」

「先走吧！他們出現了！」簡子芸指向落地玻璃窗外，那個對著裡面笑得令人發寒的身影！

這樣算起來不到一分鐘了！四個人慌張往吧台那兒衝，一邊對還在看熱鬧的人大吼，「看什麼！滾啊！滾——」

竭盡所能的凶神惡煞，加上衝過去的姿態，的確嚇得圍觀的人衝往櫃檯閃避，推擠著欲奪門而出。

「等等！等一下——」康旭淳突然朝著櫃檯前的人大吼，「都不要動，靠向櫃檯！」

所有人驚愣非常，但卻也一時之間頓住。

「哥？」康晉翊滿臉是血的上前，現在是怎樣？

「等等如果車子從那邊衝來，連門口也會遭受波及啊！」康旭淳焦急的喊著，這是個三角窗，車子衝進來的話其實凡是靠人行道全中啊！只是監視器只拍到中間區塊罷了！

樓上一堆人看熱鬧的嘈雜，有個急促的腳步聲卻跑下來，最後一口氣跳了三階下來，「時間到了嗎？」

童胤恒推著大家往樓梯上站，離門邊越遠越好，「妳去哪裡了？筆電呢？是妳拿走了嗎？」

「我——」

警笛聲由遠而近，看來有人報了警，而且警局離這裡也太近吧！

「不不，警察……」簡子芸看著停在門口的警車，甚至有停在落地玻璃窗前的啊！

這樣子，首當其衝的不就是警察了嗎！

他們掩耳伏低身子，唯童胤恒跟汪聿芃瞪直雙眼看著警察謹慎的走入。

「他們——他們打架鬧事！」櫃檯裡傳來氣急敗壞的聲音。

「蹲下！手舉高，蹲下！」警察大吼著，手擱在槍套上。

童胤恒即刻高舉雙手，身邊的汪聿芃無動於衷，專注的越過警察，遠眺著落地窗門外的馬路景況。

車水馬龍，不見任何紛亂。

「蹲下——」警察厲吼著。

「我又沒打架。」她不耐煩的回應著。

童胤恒一把拉下她，她現在就是跟他們一夥的，有沒有打架已經不是重點了好嗎！

「手放在頭後，不要動！叫妳不要動！」

蹲下視野更清楚了耶，汪聿芃雙眼熠熠有光，突然綻開了笑容。

「不見了。」

不見了？童胤恒視線移轉，自左方的大門移往右方的圓形區看去，落地窗外那兩個色澤詭異的男子消失了。

交通順暢，好幾個人拎著希崎蛋糕掠過外頭，沒有驚恐、沒有刺耳的喇叭聲，也沒有翻覆的運土車，那台娃娃車甚至還在桌邊，但母親已經抱著孩子離開。

沒有塵土飛揚，沒有血跡斑斑，沒有一具被壓扁的屍體，也沒有抽搐的腳。

冰冷的手銬圈上手腕時，他們露出的卻是放鬆後的微笑。

事情沒有發生。

「筆電呢？」要上警車前，康晉翊忍不住問了。

汪聿芃轉著眼珠子，聳了聳肩，朝天花板望去。

「等待有緣人。」

咖啡廳四樓一陣騷動，幾乎所有人擠在樓梯上往下望。

「警察來了嗎？」

「好像只是學生打架！」

「很嚇人啊！」

咖啡廳裡一陣混亂，所有人都往樓下去看熱鬧，滿樓滿桌的物品，有個身影默默起身，開始巧妙的抄走這張桌的手機、那張桌的零錢包、耳機……喔喔。

角落裡有張圓桌，半敞的筆電擱在桌上，一旁有以透明盒子裝妥的ＳＤ卡，卡片上頭還用油性筆刻意寫上日期。

男子略微觀察四周，從容的把筆電裝進了身上的提袋裡。

特意寫上日期的記憶卡，不知道裡面有什麼……眞令人期待啊。

第十二章

再始

學生們一字排開，臉上身上帶著傷的狼狽，恭敬誠懇的對著對面的業者一鞠躬。

「對不起！」

咖啡廳店長一臉無奈，也是拍拍康晉翊的肩頭勸慰。

「年輕人不要太血氣方剛，一點點小事就開打！」他搖了搖頭，說話的店長看起來也沒比他們大幾歲。

「現在搞成這樣，豈不是得不償失？」

「我們一定會賠償的！」童胤恒認眞的回應，「你們都有我們的學校跟系級，我們不會跑的！」

「對啊！我們會盡快還清的。」汪聿芃說得超愉快，直接看向額頭一個腫包的康旭淳，「康哥，多久啊？」

呃……康旭淳一顫，右手邊四個學生全部看向他。

「請店長估價後，只要能力範圍內我會盡快還清。」他沉痛的說著，當然是他賠啊！

「好了好了！和解了就好！」警方和善的當起和事佬，「小事一件，賠償也是給你們一個教訓。」

「知道了。」賣乖大家最擅長。

和解書簽妥後，時間已經十點多了，離學校還有段漫漫路程，用想的都累。小蛙跟蔡志友早就在外面焦急等待了，他們下午一時跟不上，得到消息時卻已經是打群架跟警局筆錄的狀況了。

但是，他們也協助觀察森咖啡廳，並沒有任何車禍發生。

所幸大家都已成年，警方沒有通知家長的必要，這種情況誰敢打電話給家長啊，應該會被剝掉一層皮吧！

「這部分我覺得就不要寫了。」康晉翊由衷建議，簡子芸在描寫ＳＤ卡的都市傳說時，要手下留情。

「這樣好嗎？我們不是都實在記錄？」簡子芸也很猶豫，她也怕被家裡人罵。

「等事情落幕再想這些吧，別忘了我們的筆電現在不在手邊了。」童胤恒瞄了汪聿芃一眼，一直沒機會問個清楚，「妳到底——」

五個人才準備出警局，卻在警局門口瞧見了一臉神清氣爽的清秀男人！

「嘿！」男人還穿著襯衫，一副剛下班的模樣。

先是幾秒的錯愕與停頓，接著是跳躍式的飛奔，汪聿芃第一個就衝上去了，「洋洋學長！」

郭岳洋，都市傳說創社元老之一，是當年的副社長加打雜加學藝加……全部！較之於當年的萌系少年多了成熟風範，已經是男人味十足的大人了。

「郭學長……」簡子芸只是唸著，竟滿臉通紅，「天哪！我見到學長了！」

康晉翊看著她小握粉拳，心裡不太是滋味，「妳跟毛毛學長鍛練時也沒這麼……粉紅啊！」

「因爲那是洋洋學長啊！」簡子芸悄聲的唸著，「我最欣賞的學長耶！」

「噢。」康晉翊沉了聲，可以理解，但瞧她那閃閃發光的眼神就是不舒服。

郭岳洋有些憂心打量了學生們的傷勢，比想像的嚴重，看見康旭淳時有幾分錯愕，他不認識這位。

「我哥，就是他撿到ＳＤ卡的。」康晉翊鄭重介紹。

「哦，原來是你！」郭岳洋異常興奮，主動握住康旭淳的手，「您好您好，謝謝您了！」

「嗄？」

「要不是您，怎麼會發現竟還有這個都市傳說呢！」郭岳洋的雙眼晶亮到不行，「走吧！我陪你們回家！」

「……謝謝學長！」康晉翊好訝異，「不過學長爲什麼會知道我們在這裡？」

他們連章警官都沒通知啊。

「啊，我只要找哪裡出事，就知道你們在哪裡了啊！」郭岳洋一派輕鬆，「論壇上都說有學生在咖啡廳打架，影片一看就認出康晉翊了，接下來也會有人

認出是都市傳說社的人，事情說不定很快就會傳開！」

呃，康晉翊不由得嘆氣，這種曝光率一點都不是好事。

「眞是麻煩學長了，還特地開車過來接我們！」簡子芸滿心感激，現在的她眞的不想轉三趟車回學校。

「嗯？我沒開車啊，養車多貴！」郭岳洋聳了聳肩，「我很有誠意的陪你們一起坐大眾運輸回學校！」

汪聿芃輕笑起來，「養不養車是另外一回事吧，我覺得學長是想賭如月列車啦！」

郭岳洋會心一笑，有的事不必說得那麼明嘛！

康旭淳對於這位男士不太熟悉，不過看得出跟弟弟他們交情不錯，他現在在意的是宋嫻妤，還有接下來的事情。

「您要陪我們回去只怕不妥，因爲不知道今天還會發生什麼事。」康旭淳禮貌勸阻，「而且就算過了午夜，就是明天的挑戰了……後面有什麼都無從得知。」

「怕什麼！局外人在啊！」蔡志友自豪的說著，要不然他跟小蛙守在警局外做什麼？

郭岳洋回頭看著他，黑夜的路上，他的眼睛卻比日光燈還亮。

「我就是非常想知道發生什麼事啊，副社長，因爲妳都沒有寫啊！」郭岳洋焦急的看向簡子芸，「我等到頭髮都白了都沒更新！」

「回去寫！我馬上寫！」簡子芸回得鏗鏘有力！開什麼玩笑，洋洋學長親自開的口耶！

「可是……等等，大家都不要急好嗎！」童胤恒忍不住開口，並停下腳步，「有沒有人意識到ＳＤ卡的事還沒了？以及——東西呢？」

後面三個字加重語氣，問的是他伸手拉住衣服的汪聿芃，走這麼快是幹嘛！

「什麼東西？」小蛙丈二金剛摸不著頭腦。

「喔，我把筆電扔在咖啡廳了啊！」她回身，從容不迫，「我們如果熬過兩天，應該就沒事了吧！」

「妳說什麼？那台筆電跟ＳＤ卡妳放在咖啡廳!?」蔡志友簡直不敢相信，驚呼出聲！

那那那那接下來會怎麼樣啊？

沒事？沒事？一群人失控的立即包圍她，郭岳洋還立即被擠飛出去。

「怎麼會沒事啊!?」

「妳哪根神經告訴妳會沒事，說不定現在又新增了一堆影片啊！」

「萬一等一下輕軌飛出去怎麼辦？」

「輕軌飛出去我們局外人也會死好嗎！外星女！妳要派飛碟來嗎？」

汪聿芃乾笑一聲，「啊我們又沒點開。」

「什麼？」童胤恒愣住了。

「我們插卡、點開照片、讀取，那個生病的女人就跑到現實世界了；再點開隔天的影片，影片就成真了。」她轉著眼珠子，「所以我們還沒有點明天的影片啊。」

「……妳覺得要點開才會有事嗎？」童胤恒喃喃問著，也在回憶整段過程，「但我們不可能不點開吧？」

「記得數字男的影像日記嗎？他不是說打算不看影片只待在家裡，但他後來還是點開了咖啡廳的影片，所以才跑出去。」她說得頭頭是道，「我們特地聚在一起，就是不想如ＳＤ卡的願，不外出也不搭車，連食物中毒都避開——問題是康晉翊昨天還是有點開了影片！」

「重點是ＳＤ卡昨天就先新增影片在別的資料夾了，我查過修改日期是昨晚，以他人的生命讓我們離開。」康晉翊嚴肅的望著她。

「那如果你沒有發現到這個在其他資料夾的影片呢？」汪聿芃眨了眨眼，「如果有一天，我們完全無視於那張ＳＤ卡的所有影片照片呢？」

如果，這個假設太難了，誰辦得到啊？

「不行，如果事情一樣會發生，我們就必須先知道！」康旭淳搖著頭，他不認爲這樣是對的。

「我在編輯影片時，影片出現的字幕是什麼？你們打開了我們。打・開。」她高昂起下巴，「我就在想，打開SD卡才是關鍵！反正今天沒事了，我們應該是中止了意外，所以從現在起不要再開SD卡才是正解！」

咦？簡子芸略爲抽了口氣，對啊，那天影片編輯程式的確出現過這句話！

「車禍最終是沒有發生……沒有一個人傷亡。」康旭淳用力的嚥了口口水。

「應該跟電梯狀況一樣，因爲閃開了所以沒有墜落。我們之前討論過，或許意外終會發生，只是挑了我們在的時候。」童胤恒緩緩的說著，「今天的事，我們應該是在車禍前就救援成功了。」

「如果不會襲捲到我們，意外就暫時不會發生。」康晉翊逕自接口，「但，汪聿芃，正是因爲如此，我們才要更憂心未來的事。」

「我還是覺得不要看就沒事。」汪聿芃依然堅持己見，「明天就什麼事都不會發生！」

「我比較介意今晚『還會』發生什麼事！」康旭淳忍不住低吼，緊繃的情緒在一瞬間爆升。

「那麼——」郭岳洋終於找到機會插嘴了，微笑的半身介入小圈圈，「我們

去咖啡廳看看怎麼樣？」

只是聽個片段，加上之前通過電話，郭岳洋便瞭解了七八分狀況，總之就是有人撿到一張預言般的ＳＤ卡，專門自動生產製造照片及影片，爲了就是讓拾撿者或一起看檔案的人死亡或重傷。

而可愛的學弟妹們一路閃，但過程還是搭上不少人命，終於想到了制衡方法，但都市傳說永遠讓你想不到，直接從死傷者視角的鏡頭轉成監視器鏡頭，彷彿在警告你：你們想閃，就要用無辜的人命來賠。

引蛇出洞，也沒在前往森咖啡的路上解決他們，彷彿打算要讓他們如同前兩個拾撿者一樣。

抵達森咖啡，就在隔壁條巷子而已，蔡志友跟小蛙不跟大家一起進去，刻意分開一段路，以防萬一，才能充當救火員。

一樓滿目瘡痍暫時封閉，店長看見始作俑者進來都傻了！結果郭岳洋上前笑容可掬的溝通幾句後，店長也笑著讓他們上樓了。

洋洋學長不愧是公關高手，從來沒變過耶！

「所以你是關鍵耶！」上樓時，郭岳洋突然對著康旭淳有感而發。

「……啊？」他有點恍神。

「主要撿到的是你，所以重點應該懲罰你就沒事了。」郭岳洋想到的結論是這個。

「學長！」康晉翊哀鳴，拜託不要刺激他哥好嗎！

「我也有想過耶，前面的數字男跟啤酒熊也是這樣，但是直到他們發生意外後，事情便終止！重點就是因爲康哥貪心亂撿別人的東西、又想佔爲己有的偷看才會醬子。」汪聿芃立即附和。

康旭淳無從辯駁，只有深深愧疚，因爲確實是他撿了不屬於自己的東西，還帶回家插卡偷看裡面有什麼。

這是佔爲己有沒有錯，還外加窺探隱私。

「怪誰沒有用！」簡子芸只能安慰，「而且後來我們一起看資料夾的人，不是也都中了！」

「數字男他們沒別人看過喔？好怪。」汪聿芃一臉不信邪，「我還是覺得室友知道，沒分享不合邏輯啊！」

「又不是什麼精彩的，分享什麼？」康晉翊以一個男孩的身分中肯說明。

「數字男都會跟表弟求救了，怎麼不會跟朋友說？更別說啤酒熊是在男生宿舍裡，我覺得汪聿芃說得還眞有理，我之前也懷疑過！」童胤恒繼續問，「不過

要插卡才算的話，估爲己有似乎是小事。」

汪聿芃率先踏上咖啡廳四樓，連走兩步都沒，旋即揚起了笑容。不見了。

「角落那張圓桌。」她暗指著，現在坐著別人。

康旭淳望著正在說笑的情人，內心湧現不忍，身子一動就趨前；康晉翊連忙拉住他，連童胤恒都攔下。

「哥，你去哪？」

「我不能這樣吧！如果是他們撿走的話就不好了，還是去問問有沒有撿到我們的筆電？」康旭淳說著說著，淚水滑落而出，「或是去樓下櫃檯問一下，有沒有人……」

「好善良喔。」最後面的郭岳洋出了聲，「但這也太蠢了吧！」

康旭淳詫異的回頭看向他，眼神帶著點怒意，「你說什麼？這是多殘忍——」

「如果這是都市傳說的流傳方式，就順其自然吧，不然，你以爲你是怎麼撿到ＳＤ卡的？」郭岳洋微微一笑，「貪慾與好奇是人性，何不讓人性發展吧！」

貪慾是人性，何不讓它自然發展嗎？

「我也這麼認爲。」汪聿芃跟其他人說著借過，開心的跟著郭岳洋下樓，「而且我覺得我們已經沒事了。」

「妳哪來的自信啊？」童胤恒沒好氣的唸著。

「因爲我都沒看見那四個看板人在我們附近了啊！」

嗯？童胤恒一愣，是啊，他也完全沒聽見都市傳說的聲音了！

但是他也沒一直聽見，汪聿芃也並非始終都見得到都市傳說是一樣的道理。

「什麼看板人？」郭岳洋沒發漏到這件事，好奇的回首問著。

汪聿芃趕緊開心分享，聽著聲音漸遠，其餘的人還卡在樓梯口發怔，最後是簡子芸先笑出來的。

不管汪聿芃猜測的是對還是錯，看不到SD卡後她竟突然不那麼緊張了。

失聲而笑，看向了康旭淳，輕柔的拍拍。

「康哥，學長說得沒錯，如果拿走的人沒有貪念，我們就是繼續再經歷事情罷了。」她輕快下樓，「過了明天就知道了吧！」

拉拉康晉翊，他們也快走吧，都幾點了，明天可還要上課呢。

「我希望汪聿芃說得是對的，不點開，就沒事。」康晉翊也泛起笑容，說不定眞的是這樣。

最關鍵的重點，就在於不要點開。

「哥，」康晉翊拉著哥哥，「走了！」

但康旭淳依舊不可置信，這些學生知道自己在說什麼嗎？

這七天來遭遇的事還不夠可怕嗎？這是生死攸關的大事啊！

基本上從第一晚睡夢中的髮搔頸畔開始，就足以讓他逼近崩潰，照片裡走出來的女人、死纏他不放的傢伙，然後意外的害嫺妤被牽連骨折，再之後多少可怕事件，尤其是連環車禍，死了多少人啊！

每件事都是千鈞一髮，否則現在他可能早就死透，或是晉翊跟其他學生都出事，而今筆電不在身邊、面臨時未知狀況，他們就這樣泰然？

「你們都站住！」

離開咖啡廳時，康旭淳終於忍無可忍。

嗯？所有人不由得回頭，感受得到康旭淳的滔天怒火。

「你們把ＳＤ卡給別人，萬一他看了怎麼辦？如果他沒看，那我們怎麼辦？」他不敢相信的低吼著，「你們怎麼能做這種事？」

簡子芸明白康旭淳的想法，他怕他人遭遇一樣的危險，其實心底更怕的是自己，在幾個小時前還有ＳＤ卡的資料預知可能的風險，但現在失去了ＳＤ卡，等於心裡沒了底。

「啊要不然咧？」小蛙迸地脫口而出。

小……康晉翊想阻止他，但他根本不想理。

「是要大家每天提心吊膽，陪著你等死嗎？」小蛙忍耐也到限度，不爽的直接衝口而出，「那張卡的模式就是沒有終點啊幹！你是看不懂嗎？一定是這樣傳下去的，就看誰貪心誰偷啊！」

蔡志友試著面帶微笑，「我知道你不踏實，但別忘了幾乎大家都一樣！別忘了啤酒熊跟數字男都是在咖啡廳撿到ＳＤ卡，我們也常在咖啡廳被幹走東西；現在不如平常心面對，反正意外常常有，是禍躲不過，提高警覺就撐這麼一晚，明天就能知道眞章了。」

「事實上我相信汪聿芃說的，如果不看不瞧，可能不會有事，再者——」童胤恒對汪聿芃總是直覺的信任，「要是它不想離開你，康哥，你丟過一次筆電，你知道ＳＤ卡會怎麼做。」

上一次康晉翊丟掉筆電與ＳＤ卡，不到六小時，由警察送了回來，物歸原主。

森咖啡旁就有警局，他們在裡面做筆錄跟談和解這麼幾個小時，要送回來早就送回來了不是嗎！

ＳＤ卡不想結束的遊戲，沒人可以結束。

「所以我故意把ＳＤ卡另外抽起來，就不是插在筆電裡，說不定偷拿的人就不會用那台電腦看。」汪聿芃劃滿笑容，「我還在ＳＤ卡上寫了大大的日期！」

「……寫什麼日期？」簡子芸不解。

「就過去某個日期啊，感覺是什麼特～別內容的意思。」她肯定的說著。

僅僅兩秒，在場數位男士異口同聲的「哦～」

他們懂他們懂。

康旭淳忍著怒火深吸了一口氣，張口欲言——

「夠了沒！你這麼在意別人怎樣喔？當初把卡放在那邊給你撿的人也沒這樣想吧？」小蛙立即指著康旭淳，「說到底，要不是你貪心，亂撿東西佔為己有，還想窺探他人隱私，會有這麼多事嗎？你女友、你弟、跟我們同學，全部都是受你牽連耶，你還——」

「夠了！小蛙！」厲聲阻止，出聲的不是康晉翊，竟是簡子芸，「康哥不是不知道，不需要加重他的愧疚！」

「他會愧疚還說這麼多？」汪聿芃的聲音輕飄飄的，「你不想休息，我很想耶，眞是比我還難懂的人。」

哎呀呀，後頭的郭岳洋忍不住低頭笑著，但不敢出聲，學弟妹的刀眞是一把比一把鋒利呢！

汪聿芃咕噥著，沒有很想在意誰的逕往右方眺去。

嗚，希崎蛋糕好像關了呢！難得到這裡一趟，居然沒買到限量蛋糕，眞是太可惜了。

「妳平常少說話，就別再說了。」簡子芸揪著心口，汪聿芃說得最難聽！「康哥，我們單純的思考，如果這是都市傳說，它的模式便是這樣，這是『撿到』的ＳＤ卡。」

要撿到之前，得先有人丟掉嘛！

「其實我說眞的，我覺得已經被人撿走了，在咖啡廳幹人家東西的人超多。」童胤恒微微一笑，「重點是……我現在覺得很輕鬆。」

說不上來的感覺，明明筆電不見、ＳＤ卡不在身邊，什麼都瞧不見，卻一點壓力都沒有了。

是嗎？簡子芸不若童胤恒敏感、有時會聽得見都市傳說的聲音，她的確沒有那種被掐著的感受，是因爲不知道的輕鬆；而且從進警局至今，都沒有再發生任何事情，這也不像是暴走的ＳＤ卡，更別說ＳＤ卡應該死命針對汪聿芃啊。

康晉翊不多語，只是攬過了哥哥的肩頭，用力拍了再拍。

「很難理解吧？或許從頭到尾，你都在想著——」郭岳洋不知道何時來到了康旭淳身邊，「爲什麼會有這麼扯的事？爲什麼最後只能這樣處理？」

康旭淳深呼吸，顫巍巍的點著頭。

「那就對了！歡迎來到都市傳說的世界。」

「就關店了，妳在堅持什麼？」

女孩趴在玻璃上，看著陰暗的店面，空空如也的架子，彷彿都要聞到麵包香氣了。

明明都要去輕軌站了，汪聿芃硬要來麵包店看一眼。

「應該先來買的，它分店超級少啊！」她無力的黏在玻璃上，原本還抱有一絲希望的，「至少萬一等等有什麼事，還能幸福的掰掰。」

「說什麼廢話啦！」童胤恒敲上她的頭，「這週末陪妳來買，就特地專程選四點半出爐前排隊行嗎？」

噢噢噢，汪聿芃立刻看向他，雙眸閃閃發光，「好！說好了喔！」

「說好說好。」童胤恒無奈極了，「啊妳是不會累喔，我現在全身都疼，到了不管等等會發生什麼事、我只想睡覺的地步了。」

「我累啊，怎麼不累，但我一直在想說下午去咖啡廳前，我應該先來——」

咦？

黑暗蛋糕店裡的玻璃，總是能倒映著路旁的車子與行人，倒映著站在玻璃前的她與童胤恒，還有後方遠處的車陣、廣場以及——

影。

汪聿芃正首，瞇起眼看著黑色的玻璃，在倒映的影子裡，看見遠遠的熟悉身影。

雖然只是驚鴻一瞥，那身影旋即沒入人群之中，但是那可是她親自推下樓的人，她怎麼可能會忘。

她轉過身時，已經什麼都瞧不見了，那身影並非跟著他們，明顯的是追著反方向而去。

生病的女人，又要繼續掉頭髮了呢！

尾聲

宋嫻妤用最有效率的速度，離職兼與康旭淳分手，乾淨俐落，完全不拖泥帶水，原因是她只要看到他，就會想起這荒唐的一切，還有他害她受傷、飽受生死交關折磨之苦。

本來康晉翊還想辦一個舒壓會，慶祝手機吹乾後復活、大家又一次活過都市傳說，順便為哥哥解悶，結果康旭淳說他一點都不想再見到都市傳說社的任、何、人，而且正在處理搬家事宜，也不想再待在那個家看見那面牆，所以他完全能體會宋嫻妤的心境，畢竟的確是他讓她點開了ＳＤ卡。

南天知曉了來龍去脈，哽咽的打算跟親人們澄清，表哥絕不是失心瘋，雖然誰都沒救到，但他的確是神智清楚的想救人才會到遙遠的地方去，後悔當初沒好好聽數字男說話的愧疚之心壓著他，只能在泳池裡發洩。

體育室特地發信來「都市傳說社」，詢問是否可以開放泳池了，這件事讓康晉翊有點莞爾，卻又有一點點自豪。

即使出發點是害怕，但真的有人重視都市傳說了。

大家的小傷易癒，不過他人的傷痛難了，幾樁車禍的死傷，統計下來ＳＤ卡總共帶走了十三條人命，輕重傷二十餘人，這一點便是箇子芸猶豫掙扎之處，是否要將ＳＤ卡的都市傳說公諸於世？

他們經歷過太多「引發恐慌」、「怪力亂神」、「胡說八道」的指控與威脅了，如果把這件事寫上去，是否又會多一條「致他人死亡」的罪名。

法律定不了他們的罪，但可怕的永遠是人心。

箇子芸坐在地板靠著牆，曲起的腳當作桌子，架著筆電打字。

整件事情她都記錄完畢了，從頭到尾脈絡清楚，可是就是沒有上傳到社團的都市傳說檔案區。

「熱身啊，副社！」童胤恒跑了過來，「等等就要上課了耶！」

「唉，我在思考要不要把ＳＤ卡的事公開。」箇子芸盯著螢幕，「我總覺得這件事一旦上傳，所有這七天發生的意外，都會算在我們頭上的。」

大家是繞著室內場地跑的，聽見那兒有聲音，都好奇的跑過來。

「的確，就算多數人不相信都市傳說，但光是針對我們『早知道可能會出事』這點，說不定都會有話講。」童胤恒早前也思考到這件事了，「像我也差點在飲料店車禍那時身亡，他們也可能會嘴為什麼不警告大家。」

康晉翊喘著氣走來，還沒開始鍛練已是滿身大汗，「既然這樣，就別發了

吧！」

「怎麼可以！從以前到現在，都市傳說社遇到大小都市傳說都是一定公開的啊！」汪聿芃果然立即反對，「這是我們的重要經歷耶！以前學長姐們不管多離奇都寫上去的！」

「那是因為沒有危害到別人！」童胤恒難受的回應著，「這次多少條命啊！」

「又不是我們害的，那是都市傳說、是ＳＤ卡！」汪聿芃斬釘截鐵，「如果你也把自己放在加害者的位置上，大家自然也會這麼認為啊！」

「……事情不是這麼簡單的，就算我們說是都市傳說，但只要有一個人問：你們早就知道那天高速公路會發生事故，為什麼不說？或為什麼要上路？」康晉翊不得不想到之前一堆反對都市傳說社的人們，「明知道車子會衝撞進飲料店，提醒一下很難嗎？」

「沒有時間啊。」汪聿芃皺起眉，「我連推童子軍都是千鈞一髮了。」

「問題是世人沒有這麼理智，看這半年來在我們臉書留言的攻擊酸民還不明白嗎？」簡子芸默默搖著頭，「還有，死者家屬只怕也不會放過我們了。」

「法律上無法對我們做什麼，但我們的生活鐵定會被搞得一團亂。」童胤恒加重了語氣，「汪聿芃，會比之前那票反都市傳說的人還誇張。」

汪聿芃皺著眉，她不懂，她真的不懂，車禍不是他們造成的，是貨車不換胎、是那個人酒駕，又不是他們造成的。

他們還是受害者耶，那是他們閃過了，如果躲不過，現在也是一縷輕煙啊！

「這明明是榮譽。」她嘟起嘴，「我已經遇到九個都市傳說了耶！」

康晉翊心臟都快沒力，「千萬拜託在外面不要說這種話，現在是覺得死這麼多人是榮譽，還是遇到都市傳說是榮譽？」

「哪個都不好。」簡子芸重重嘆了口氣。

「郭岳洋不是跟你們說了嗎？順其自然！」

門邊驀地傳來有力的嗓音，一行人倉皇回身，纖瘦到精實的女人走入，風塵僕僕。

「學姐！妳不是還在國外比賽嗎？」童胤恒好訝異。

「剛下機。」女人走近，「為這種事掙扎做什麼？你們以為為什麼找不到這個什麼ＳＤ卡的都市傳說？」

「呃……因為之前知道的都……意外身故了。」康晉翊謹慎的用詞。

「是因為它根本不該公開。」學長毛穎德跟著走進，「這只是一個大學社團，遇到都市傳說已經很倒楣了，不需要把自己當救世主。」

他們沒有，也不覺得自己有這個能耐，但是學長說得對，他們的確把責任都

攬在自己身上了。

「你們不欠任何人，遇到是沒辦法，但解決了保命就好，其他人不在你們的責任範圍內。」馮千靜邊說，一邊褪去外套，「先想著怎麼平安的畢業比較重要吧！」

汪聿芃不解的上前，「所以學姐認為要發還是不發啊？」

「當然不發啊！妳是好日子過膩了嗎？」馮千靜越過大家，瞥了仍坐在地上的簡子芸一眼，「妳可以寫世界上有這樣的都市傳說，但不需要把經歷寫上去——不過妳寫好得傳一份給我看。」

「可是如果有人跟我們一樣呢？他想求助的話？」康晉翊其實是卡在這一點，「我覺得我們明明有些方法可以幫助人，但是沒有寫上去，好像就——」

「康晉翊，」毛穎德來到他面前，「沒人叫他偷別人的記憶卡。」

咦？康晉翊抬頭看著高壯的學長，吃驚得圓睜雙眼。

自己做的事，自己受嗎？

「我懂了，謝謝學長學姐。」簡子芸穩重的出聲，「我會寫下這個都市傳說的簡介，但絕口不提我們遭遇的過程。」

馮千靜點點頭，睨了現場所有人一眼，「太閒了才在想這些，動起來！兩星期不在，看你們有沒有懈怠——簡子芸！妳熱身了沒啊？」

「好，我發完這段就熱身！」簡子芸精神抖擻的回應著。

童胤恒上前搓了搓汪聿芃的頭，他知道她覺得這件事很奇怪，因爲汪聿芃無法考慮太多人情世故，她只看到她所見、想她所想罷了。

「我覺得呢，集點卡這種事情，我們自己知道就好了。」他低語著，「雖然我沒有很想集，但好像還是快集滿了。」

汪聿芃劃滿了微笑，用力的點著頭，「每一點，都是用疼痛跟血換來的呢！」

雖然很痛、雖然也有過很害怕的時候，但是她只要看到集點卡，心裡就會覺得超踏實的——尤其快集滿了！

毛穎德觀察著走上前，「那女孩神經迴路眞的跟一般人不太一樣。」

「在意的點也不同，她不只不懂人情世故，頻率本身就不對。」馮千靜無奈的搖頭，「或許是這樣的人，才能見得到夏天吧！」

毛穎德揚起一抹帶有心酸的笑，「反倒有點令人羨慕呢。」

「是嗎？」馮千靜挑了挑眉，「要是被我見到，我一定——」

「知道知道，熱身熱身了！」毛穎德趕緊拍拍她，「跑起來！小蛙跟蔡志友呢？」

「打工！」

「他們是想不想鍛練啊？」

儲存檔案，簡子芸飛快的關掉文字視窗，準備加入熱身。

下方是她稍早開啓的論壇視窗，她只是在觀察有沒有人把他們打群架、事故與都市傳說的事聯結在一起。

論壇隨著時間會自動重整，第一頁出現全新的貼文，有一行字引起了簡子芸的注意。

『急問，我撿到了一張很詭異的ＳＤ卡。』

滑鼠的游標停在標題上，心臟跳得飛快，砰砰砰砰砰——喀噠！

滑鼠點下右上角的X，她關上視窗，蓋上了筆電，這兩個星期根本沒有練習，等等一定被學姐操得很慘。

爲什麼ＳＤ卡的都市傳說甚少流傳？因爲它不宜流傳，洋洋學長說的：順其自然。

簡子芸站了起來，紮緊馬尾。

不要隨便想把他人的東西佔爲己有、窺探他人的隱私，都市傳說就不會找上門了。

「撿到的ＳＤ卡」，只怕將成爲「都市傳說社」第一個永遠不會公開的祕密。

後記

其實在寫這篇時一直在想，到底有多少人還知道ＳＤ卡這玩意兒？

我自己都八百年沒用隨身碟了，這東西還在嗎？

ＳＤ卡會知道，主要是因爲我有在拍照，大部分的相機必備ＳＤ卡，但現在是雲端的世界，就會讓我很遲疑。

所幸做了調查，它們還沒有消失在時間的洪流裡。

這一篇也是有所本的，亦不是很常見的都市傳說，但的確有人發生過，尤其是第一章的部分。

試著想像，今天你開了一張照片，裡面有個長髮女子詭異的對著鏡頭（你）笑，接著半夜時分，明明只一個人的房間裡，卻有長髮擦過你頸畔的感覺……好，我知道就算沒有照片，半夜有頭髮擦過你臉頰一樣很可怕。

但至少看過照片，你會知道是誰嘛～（沒有比較好！）

而我記得該位當事者試圖刪掉記憶卡，卻無論怎麼刪除，檔案都會恢復，而且他家裡開始出現有人走動聲音，還會看見長長的髮尾掠過門口……

最後，他採取的是丟掉，只好交給下一個人了。

如果你看到一張最新款的記憶卡，會不會想撿呢？我問過了幾個人這樣的問題。

有些人不會，但如果上面加上了日期，就有點耐人尋味了。多數人會覺得裡面可能拍了「特別」的照片，看見特定日期反而會想要看看。

只是看看，大不了再放回原來的地方就好。

「只是看一下」，這樣算不算侵佔呢？

其實這種例子都還是好的了，大家自身或多或少聽他人說過，在咖啡廳裡去個洗手間或是一趴睡，東西消失的事多得很，以前就連在學校圖書館唸書，很多人一旦睡覺，手機一秒被摸走、或是包包被整個拿走的都是常態。

夜路走多了遲早遇到鬼，我覺得這樣的都市傳說，就很像是一種現世報；就算只是一張小小的ＳＤ卡，甚至一個隨身碟，說不定撿到了就是出事。而且「撿到」只是一種欺騙自己的藉口，說穿了根本就是想要佔爲己有！

雖然這次的狀況不是從「都市傳說社」開始的，但既然是親人也不可能放棄，或許有人會對於社長哥哥的行爲有點惱怒，但請記得當一個人遭遇莫名情況的恐懼，情緒失控是正常的。

不是每個人都能理性面對恐懼，旁觀者說話當然可以很輕鬆，所謂站著說話不腰疼就是這個意思，當自己是當事者時，所承受的壓力不可同日而語，說不定很早就會崩潰。

這也算是第一個「都市傳說社」沒辦法盡數破解的都市傳說，他們只能選擇最不好的路。

我們試著回到最後一章，如果你知道今天某處會發生嚴重的事故，距離你很遠，你出門想阻止會有風險，不出門是重大事故——你，會出門嗎？

這個問題沒有對錯，因爲沒有人可以決定你的生命與想法。

這次的書有點晚了，因爲下半年出國有點密，加上有些臨時出差，希望接下來能穩定上軌道……希望。

最後，誠摯感謝購買此書的您，今年的書市比去年更慘了，大家都咬牙撐著，我能繼續寫全仰仗你們這些購書天使，購書是對作者最直接的支持，因爲有您，我才能繼續寫下去。

誠摯感謝！

笭菁

境外之城 086

都市傳說 第二部7：撿到的SD卡

作　　者／笭菁
企畫選書人／張世國
責任編輯／張世國
發 行 人／何飛鵬
副總編輯／王雪莉
業務經理／李振東
業務主任／范光杰
資深行銷企劃／周丹蘋
資深版權專員／許儀盈
版權行政暨數位業務專員／陳玉鈴
法律顧問／元禾法律事務所　王子文律師
出版／奇幻基地出版
城邦文化事業股份有限公司
台北市 104 民生東路二段 141 號 8 樓
電話：(02)25007008　傳眞：(02)25027676
網址：www.ffoundation.com.tw
e-mail：ffoundation@cite.com.tw
發行／英屬蓋曼群島商家庭傳媒股份有限公司城邦分公司
台北市 104 民生東路二段 141 號11 樓
書虫客服服務專線：(02)25007718・(02)25007719
24 小時傳眞服務：(02)25170999・(02)25001991
服務時間：週一至週五09:30-12:00・13:30-17:00
郵撥帳號：19863813　戶名：書虫股份有限公司
讀者服務信箱 E-mail：service@readingclub.com.tw
歡迎光臨城邦讀書花園 網址：www.cite.com.tw
香港發行所／城邦（香港）出版集團有限公司
香港灣仔駱克道 193 號東超商業中心 1 樓
電話：(852) 2508-6231 傳眞：(852) 2578-9337
馬新發行所／城邦（馬新）出版集團
【Cite(M)Sdn. Bhd.(458372U)】
11, Jalan 30D/146, Desa Tasik,
Sungai Besi, 57000 Kuala Lumpur, Malaysia.
電話：(603) 90578822　傳眞：(603) 90576622

封面內頁插畫／豆花
封面設計／邱宇陞工作室
排　　版／極翔企業有限公司
印　　刷／高典印刷有限公司
■2018 年（民 107）11月29日初版一刷
■2022 年（民 111）10月13日初版9.5刷
售價／300元

國家圖書館出版品預行編目資料

都市傳說 第二部 7：撿到的SD卡 / 笭菁著.--初版—台北市：奇幻基地出版；家庭傳媒城邦分公司發行；2018.12（民107.12）
面：　公分. –（境境外之城：86)
ISBN　978-986-96833-2-6（平裝）

857.7　　107019537

ISBN 978-986-96833-2-6

Printed in Taiwan.

※ 本故事內容純屬虛構，如有雷同，純屬巧合。

廣　告　回　函
北區郵政管理登記證
台北廣字第000791號
郵資已付，免貼郵票

104台北市民生東路二段141號11樓

英屬蓋曼群島商家庭傳媒股份有限公司城邦分公司 收

請沿虛線對摺，謝謝

每個人都有一本奇幻文學的啓蒙書

奇幻基地官網：http://www.ffoundation.com.tw
奇幻基地粉絲團：http://www.facebook.com/ffoundation

書號：1HO086　　書名：都市傳說　第二部7：撿到的SD卡

請於此處用膠水黏貼

讀者回函卡

謝謝您購買我們出版的書籍！請費心填寫此回函卡，我們將不定期寄上城邦集團最新的出版訊息。

姓名：＿＿＿＿＿＿＿＿＿＿＿＿＿＿＿＿＿＿＿＿　性別：□男　□女

生日：西元＿＿＿＿＿＿年＿＿＿＿＿＿＿＿月＿＿＿＿＿＿＿＿日

地址：＿＿＿＿＿＿＿＿＿＿＿＿＿＿＿＿＿＿＿＿＿＿＿＿＿＿＿＿＿＿

聯絡電話：＿＿＿＿＿＿＿＿＿＿＿＿傳真：＿＿＿＿＿＿＿＿＿＿＿＿＿

E-mail：＿＿＿＿＿＿＿＿＿＿＿＿＿＿＿＿＿＿＿＿＿＿＿＿＿＿＿＿

學歷：□1.小學　□2.國中　□3.高中　□4.大專　□5.研究所以上

職業：□1.學生　□2.軍公教　□3.服務　□4.金融　□5.製造　□6.資訊

□7.傳播　□8.自由業　□9.農漁牧　□10.家管　□11.退休

□12.其他＿＿＿＿＿＿＿＿＿＿＿＿＿＿＿＿＿＿＿＿＿＿＿＿＿＿＿

您從何種方式得知本書消息？

□1.書店　□2.網路　□3.報紙　□4.雜誌　□5.廣播　□6.電視

□7.親友推薦　□8.其他＿＿＿＿＿＿＿＿＿＿＿＿＿＿＿＿＿＿＿＿

您通常以何種方式購書？

□1.書店　□2.網路　□3.傳真訂購　□4.郵局劃撥　□5.其他

您購買本書的原因是（單選）

□1.封面吸引人　□2.內容豐富　□3.價格合理

您喜歡以下哪一種類型的書籍？（可複選）

□1.科幻　□2.魔法奇幻　□3.恐怖　□4.偵探推理

□5.實用類型工具書籍

您是否為奇幻基地網站會員？

□1.是□2.否（若您非奇幻基地會員，歡迎您上網免費加入，可享有奇幻基地網站線上購書75 折，以及不定時優惠活動：http://www.ffoundation.com.tw/）

對我們的建議：＿＿＿＿＿＿＿＿＿＿＿＿＿＿＿＿＿＿＿＿＿＿＿＿＿＿

＿＿＿＿＿＿＿＿＿＿＿＿＿＿＿＿＿＿＿＿＿＿＿＿＿＿＿＿＿＿＿＿＿

＿＿＿＿＿＿＿＿＿＿＿＿＿＿＿＿＿＿＿＿＿＿＿＿＿＿＿＿＿＿＿＿＿

請於此處用膠水黏貼

95 MB/s
V30
SD XC I
512GB
FANTASY